# したたかに甘い感傷



奪われた唇も、強く抱きしめてくる腕も。痛いくらいなのに、
けれどぜんぜん嫌じゃない。（本文より抜粋）

DARIA BUNKO

# したたかに甘い感傷

坂井朱生

illustration ※ 旭炬

イラストレーション❋旭炬

CONTENTS

この作品はフィクションです。
実在の人物・団体・事件などに一切関係ありません。

# したたかに甘い感傷

店の制服を着替えてロッカーにしまう。帰り支度をすませ事務室兼控《ひか》え室を出る直前、ふり返って壁の時計を確認した。

門限には余裕でまにあう時間、そして、周囲の店が閉まりだすこれからが、そこそこに混みはじめる第二波の到来だ。

残念ながら沢野英実《さわのひでみ》は門限の十二時までに自宅へ帰りつかねばならず、忙しい時間帯に抜けるのに毎回、微《かす》かな罪悪感がある。

「やっぱり、残ってほしいよなー……」

早番と遅番とに分かれているうち、帰宅が深夜か早朝になる遅番はやはり希望者が少ない。英実だって、本当は遅番にまわりたかった。早めにあがる分早く来てはいるものの、時給だってこのあとの深夜帯のほうがいい。同じ時間働くなら、効率よく稼ぎたいのは当然だ。

英実の今のシフトではあがりが十一時半、それから電車に乗り駅からは自転車を飛ばしてアパートに帰る。これで辿りつくのがぎりぎり十二時まえになる。とにかく日付が変わるまでに戻らなくてはならないので、どうしてもこれが限界だった。

「お先に失礼しまーす」

誰もいない事務室で声をあげ、英実はため息をつきながら店を出た。駅まで急ぐあいだも電車内でも、駅から自宅までの道を自転車で移動するあいだもずっと、頭の中ではどうしたらいいかとそればかりだった。

友人の紹介ではじめたこのアルバイトが二カ月目に入った。立ち仕事で疲れてはいるが、はじめたころよりはだいぶましだ。

なにより季節がちょうどいい。五月の夜は暑くも寒くもなく、電車もそのあとの自転車の往復も苦にならない。

英実は大学進学を機に家を離れ、今は先に都内で暮らしていた兄の部屋で居候《いそうろう》中だ。この兄が厳しく、アルバイトをはじめるにあたっても制限をつけられていて、おかげでこの店に入るまで、アルバイト探しはなかなかに大変だったのだ。

ようやく見つけた今の店は、朝五時まで営業しているレストランバーだ。客の中心は学生や若めの会社員。居酒屋より少しだけ高級感を演出しつつも価格帯は抑えめで、男女比率は時間で偏るもののトータルすればほぼ半々だ。

友人に紹介され面接に訪れたとき、英実も雰囲気に気圧《けお》されて、はたしてこんなところでやっていけるのか不安だったほどだ。

実際は案外気楽だし、賄《まかな》いの夕飯がでるので食費も浮いてありがたい。できるだけ長く続けていきたいし、本当はもっと遅くまでいたかった。

「どうしよう」

自転車を漕《こ》ぎながら、頭を懸命に巡らせる。あがる直前、店長からシフトを変更できないか、と頼まれたのだ。

——時給はイロつけるし、もう少し遅くまでいられないかな。

一円でも多く稼ぎたいのだし、人手不足で困っているのも知っている。できますと答えたいのはやまやまだった。

けれど。

「どうかな、無理そう？」

返事を躊躇《ちゅうちょ》する英実に、店長が重ねて訊《たず》ねた。

店から家まで地下鉄で十分程度、きつくはあるが、終電後でも自転車で通えない距離ではない。

睡眠時間も問題ない。普段からそう長時間眠らないので一限の授業があっても深夜三時ごろ寝られたら充分だし、曜日を調整して翌朝一限の授業がない日に深夜帯を入れればいい。

願ってもない条件、けれど躊躇するのは英実にはどうにもならない事情があったからだ。

（悠貴《ゆうき》がなんて言うか、だな）

英実は兄の悠貴と二人暮らしだ。より正確に言えば悠貴の部屋へ居候の身なので、家主の意向には逆らえない。

酒をだす店でのアルバイトはきつく止められていて、悠貴には終夜営業のカフェだとごまかして働いている。帰宅が遅くなることで芋蔓式《いもづるしき》にばれてしまったら、問答無用でアルバイトをやめさせられかねない。

そもそも悠貴はアルバイトに賛成ではなく、頑固な英実に根負けして渋々許してくれた状態なので、これ以上言いつけに背《そむ》くのはまずい。

「本当にすみません。俺も、もっと遅くまでいたいんですけど」

時間が短いわりには、実入りのいいアルバイトだ。友人に紹介されたこの店を、どうしても辞めたくない。

「お兄さんが厳しいんだったな」

「……はあ」

しかたないねと苦笑した店長に、英実はもう一度頭をさげた。細くて柔らかい英実の髪が、動作につられて揺れる。

「沢野は若く見えるから、あまり帰りが遅くなるとお兄さんも心配なのかもしれないなぁ」

それは、頼りないってことですか。

婉曲《えんきょく》な表現ながら、要するに子どもっぽいと言われたような気がする。「そうですか」と相槌《あいづち》を打ちながら、英実は頬をひき攣らせた。

ほぼ平均の身長に、やや足りない体重。骨が細いせいで実態以上に華奢《きゃしゃ》に見られることと、目が大きい童顔で子ども扱いされるのが悩みの種だ。

まだアルバイトをはじめたばかりのころ、常連客の一人に「高校生がこんなところで働いていていいの」と真顔で訊《き》かれたこともある。もう少しおとなっぽく、せめて大学生らしい外見だったらと何度も思った。

「沢野は見た目よりしっかりしてて任せられるから、頑張ってお兄さんを説得してよ。俺も期待して待ってるからさ」

店長は苦笑いしつつ、前向きに検討してよと英実に言った。

できるものなら英実だってそうしたい。けれど絶対に駄目だという兄の声が聞こえる気がして、英実ははいと頭をさげるしかなかった。

(俺だけ暢気《のんき》に遊んでるなんて、気がひけるのにな)

大学進学だって、するつもりではなかった。高校卒業後、英実としてはすぐ就職する予定だったのである。

経営していた旅館を手放してから、家族の生活は決して楽じゃない。悠貴だって大学を中退して就職したのだし、特に目的もないのにあと四年間学生を続けるよりは、さっさと就職して自分の生活くらいどうにかしようと思っていたのだ。

おまえ一人くらいはどうにでもなるという両親や悠貴の意向と、自分だけが遊んでいるわけにはいかないという英実とでさんざん揉《も》めた結果、「入試の成績がトップ五十に入ったら四年間の学費免除」という都内の大学を受験することになり、そうしてこの四月から大学生と相《あい》成《な》ったのである。

「説得かあ」

勢いよく自転車のペダルを踏みながら、どうしたら説得できるか考えてみる。足を動かしながら物事を考えると頭がよく働くらしい。そんな話を以前どこかで聞いたのだが、名案が浮かぶより先にアパートへ着いてしまった。

駐輪場に停めた自転車に、鍵とチェーンとでしっかりと施錠する。英実がここへ来てから二カ月しか経っていないのに、これは二台目になる。

買ったばかりの一台目を盗られておちこんでいた英実に、悠貴の知人が「家に使わない分があるから」と好意で譲ってくれたものだ。

中古だという触れこみで譲られたのはスポーツサイクルで、まるで新品同様だった。せいぜい一度か二度軽く乗ったくらいか、よほど大事にされていたようだ。

自分で買えば、数日分のアルバイト代が飛ぶ。ありがたく譲られたものの、まさか悠貴の友人というのが『彼』だとは予想だにしなかった。

「弁護士の家って、本当に金持ちなんだなー……」

抜いた愛車の鍵を大切にポケットへしまいながら、英実は彼の顔を思い浮かべ、またため息をついた。

兄の口から津曲《つまがり》弘明《ひろあき》という名前がだされ、英実は兄の正気を疑った。なぜ兄があの男と交流があるのか、どうしても理解できない。

家業で忙しい両親に代わり、英実たち兄弟はほとんど祖母の手で育てられたようなものだ。

その祖母が最後まで恨んでいた男が津曲弁護士、つまりは弘明の父親である。

沢野家はかつて、三百年間も連綿と続いた老舗《しにせ》旅館を経営していた。長く続く不況で経営が厳しくなり、とうとう六年まえに人手に渡すことになってしまった。その買収先の企業の代理人だったのが、弘明の父親だ。

旅館を買ったのは企業であり、弁護士はあくまで代理人にすぎない。そもそも沢野家が経営に失敗したのが原因なのだから自業自得だろう。従業員達も可能なかぎりそのまま雇ってくれ、建物も当時とほとんどそのまま残っている。英実にはよくわからないが、望みうるかぎり最高の条件だったという話だ。

先方を恨むのは筋違い。おそらく、聡明な祖母はそれをわかっていたのだろう。それでも、わかっていながらも誰かを恨まなければきっと、やっていられなかったのだ。

旅館は、祖母にとって家族と同様かそれ以上の存在だった。人手に渡ってしまった直後に祖母は倒れ、結局、治ることなく一年後に亡くなってしまった。

病床で、最後まで旅館の話ばかりしていた祖母を思うと、英実はどうしても悠貴のように弘明と親しくしようという気になれない。

弘明は現在、英実と同じ大学に通う『法学部のホープ』だ。高校卒業後に二年間の語学留学を経て大学へ入学し、現在三年生。著名な弁護士の息子で、一年生で既に司法試験を突破したという秀才。いずれ父親の跡を継ぐだろうと将来を嘱望《しょくぼう》され、眉目秀麗《びもくしゅうれい》というおまけもつく。

広い学内で学年も学部も違うのに、なぜだかこの一カ月のあいだでも数回、彼とすれ違っている。自転車の礼を言わなくてはと思うのに、どうしても話しかけられないままだ。それどころか、英実は彼の姿を見かけるたび逃げてばかりいた。

（悠貴、なに考えてあの男と友達やってるんだろ）

だいたい、どこで知りあったのやらだ。

英実に大学を紹介してくれたのも悠貴だ。学費がタダになると聞いて受験を決めたのだけれど、それも勘ぐれば津曲から話を聞いたとか、彼が在籍していたから事情に詳しかっただとかも考えられる。

七歳離れた悠貴は、子どものころからやがて旅館を継ぐためにずっと厳しく育てられてきていた。跡継ぎだ跡継ぎだと言われつづけていたのに途中で旅館はなくなってしまうし、通っていた大学も中退するはめになった。次男坊でのほほんとしていた英実とは対照的で、それなのにいつも英実のことを気遣ってくれる。

綺麗《きれい》で優しくて、あまり身体が丈夫でないのに英実の面倒まで抱えこんでくれた兄を尊敬しているし大好きなのだが、どうして、よりによって祖母が嫌っていた男の息子などと親しくするのか。その一点だけはどうしても納得できかねるのだった。

「ただいまー」

めずらしく家の明かりがついている。いつもならとうに寝ているはずの悠貴が、どうやら起きているらしい。

「悠貴、まだ起きてんのか」

また仕事を持って帰ってきたのかもしれない。英実は心配で眉根を寄せた。

自分という扶養家族が増えてしまったせいで、無理をしているのではないか。悠貴の疲れた顔を見るたび、罪悪感が疼《うず》く。

「ただいま。どうしたの？」

悠貴はダイニングのテーブルに肘《ひじ》をついていた。英実が声をかけると顔をあげ、怒った顔でじろりと睨《にら》む。

「ちょっと、ここに座んなさい」

「うん、あの――」

「いいから」

有無を言わさない口調で、悠貴はびしりとテーブルを指さした。

これは、ずいぶん怒っているらしい。一見、繊細で柔らかな容姿に反して、悠貴は怒るととても怖いのだ。

だがとりたてて怒られるような原因には思いあたらず、英実は首を傾《かし》げつつ悠貴のまえへ座った。

「おまえ、呑《の》み屋でバイトしてるんだって?」

悠貴の静かな声が刺さる。

まずい、ものすごくまずい。

どうしてバレたんだ、いやそれよりこの場をどうやってきり抜けようか。英実は顔をひき攣らせ、必死で考えを巡らせた。

＊　＊　＊

悠貴にこってり絞られた翌日、英実は朝食もそこそこに大学へ向かった。外は晴天、五月の気持ちいい青空が広がっているのに、英実の気分は見事なまでの曇天《どんてん》だ。

頭の中にあるのは難問をどう解決するかばかりだ。成績をおとせない立場であるのに、この日ばかりはさすがに授業にも身が入らない。どうにか午前中をやりすごすと、のろのろと学食へ移動した。

広い学食はいつもながら混みあっていた。空席を探していると、友人が遠くから英実を招く。ありがたく合図を送り、昼食を買って彼のいるテーブル席についた。

「サンキュ」

「さっきまで先輩がいたんだけどな、すげえ勢いでメシ食って出てったとこ。いいタイミング」

「ふうん」

「で、おまえ。同じものばっか食って、よく飽《あ》きないな」

英実の皿を覗《のぞ》いた友人が、呆《あき》れたのか感心したのか、どちらともつかない声で言った。

「コレが飽きるような味か？」

ハムエッグにキャベツの千切りと薄切りトマトが一枚、それに米飯と味噌汁というのがA定食の内容である。いちばん安いというだけで選ぶから、好きも嫌いも飽きるもない。うどんやそばならもっと安いが、さすがにそれでは身体が保《も》たない。

「それじゃ腹減るだろ」

「なんとか夕飯までは保つよ。いつもだし」

「大食らいのくせに。ほら、わけてやる」

友人が、自分の皿から鶏の唐揚げをとってぽんぽんと英実の皿に放りこむ。

「ありがと。もう誉田《ほんだ》に一生感謝しそう」

「やっすい感謝だなおい。別にこんくらいいいよ」

今のアルバイト先を紹介してくれたのがこの友人、誉田だ。彼の家は酒屋を経営していて、今の店はその取引先だった。誰かいい人はいないかと世間話半分で相談されていたらしい。

「貴重な唐揚げ、いっただっきまーす」

「貴重ってなあ。おまえ紹介して俺の株もあがったから、なんなら昼飯くらいおごってやるぞ」

誉田に言われてつかのま忘れていた難題がまた全身にのしかかる。

「ああ、うん。そっちもすっごい助かってる。ただ、ちょっと昨日ねー……」

「どした、なんかあったか」

「悠貴にばれた」

「あ⁉　マジでか」

ぎょっとした誉田に、英実はへこみきった顔で頷《うなず》いてみせた。

「どうすんだそれ。おまえまさか辞める気か？」

心配げに眉根を寄せた誉田に、英実は違うと手を振った。

「辞めないよ。もったいないない」

禁止されていた酒場でのアルバイトを知られ、ずいぶんと長い時間怒られた。今すぐ辞めなさいと言われたのを、「店に迷惑がかかる」と言いはってどうにか納得してはもらえたものの、それならと今度は、続けるための条件を突きつけられてしまったのだった。

「悠貴との約束破った俺が悪いんだけど、十二時までに帰ってこいとか呑み屋は駄目だとか、それじゃ金になんないだろ？　一円でも多く稼ぎたいっての、ぜんぜんわかってくれなくて」

「そんで、どしたの」

「ウチが昔客商売だったんで、急に人が辞めて困るのは悠貴も知ってるんだよ。そこんとこ説明して、どうにか続けるのだけは許可もらったんだけど」

悠貴が提示してきた続けるための条件が、まるきり予想外すぎ、英実はすっかり途方に暮れてしまった。

「条件？　ってなんだそりゃ」

「サークルに入れ、って言うんだよね。たぶん、悠貴がそういうの好きだったせいだと思うんだけど」

悠貴は大学進学を機に家を出て、今のアパートで暮らしはじめた。旅館が今でも存続していれば、卒業後はふたたび家に戻り、家業の修業をしていたはずだ。

暢気な次男の英実とは違い、悠貴は両親の期待やら旅館の伝統やらを一身に背負っていた。小さいころから本当に厳しく育てられ、だから悠貴にとって大学生でいられるはずの四年間は、きっと楽しかったのに違いない。

結局は、途中で終わってしまったのだけれど。英実につけた条件は、彼の代わりにというより、自分が楽しかったから、弟にも味わわせてやりたいとか、そういう気持ちなのだろうと思う。

「はぁ？　サークルねえ、でもそれなら簡単じゃん」

「簡単なもんかよ」

悠貴の気持ちがわかるし、そもそも約束を破ったのは英実だから、兄の言いつけはなるべく守りたい、のだが。

「サークルなんかいくらでもあるだろ。適当に選んで一個くらい入っとけば？」

「面倒くさくない？　放課後とか拘束されると、バイトの時間だってあるし」

高校まで、英実も部活動をしていた。英実の通っていた高校は全員、なんらかの部に所属するのが義務づけられていて、ただ走るのが好きだからと陸上部を選んだのだが、それが失敗の元だった。

特に強豪というわけでもないのにやたらスパルタな練習だとか、理不尽な上下関係だとか。迂闊《うかつ》に調べもせず入部してしまったのが大きな間違いだったのだ。何度も辞めてしまおうと思いつつ、けれど途中で抜けるのも負けたような気がしてできないまま、とうとう三年間、きっちり所属しつづけてしまった。

おかげで、部だとかサークルだとかいうものに、激しく偏見がある。まして大学なんて、ただでさえごちゃごちゃに人間がいるから、もっと上下関係に煩《うるさ》そうだ。

「そうか？　俺は楽しいけどな。おまえもくれば」

「やだよ。ナンパサークルじゃん、誉田のとこ」

女の子と遊ぶためならなんだって活動内容に含めてしまう、この友人の所属するサークルを思いだして、英実は目を眇《すが》めた。

誉田は英実とは別のところでアルバイトをしているが、その給料の大半が対女の子用に消えていくという強者《つわもの》である。

「それが楽しいんだろ」

「旅行とコンパ不参加で、誉田のところでなにするんだよ。言っておくけど俺に金はないからね」

「バイト代は？」

「生活費！　悠貴はもらってくれないから、とりあえず貯金してあるけど。どうして無理すんだかなあ」

「ほへー……、相変わらず過保護っつーか、すごいな」

「そーなの。うちのお兄様ったら自分のほうが身体弱いくせに、いつまでも俺が小学生みたいな気分でいるんだよね」

七歳も離れていると、こんなものだろうか。小さいころから忙しい両親に代わって、祖母と二人、ずっと英実の面倒をみてくれていたせいかもしれない。

アパートの家賃やら毎月の生活費がいくらだとか、どれほど訊ねてみても悠貴は絶対に教えてくれない。ただ「大丈夫だから、おまえは心配するな」の一点張りなのだ。

「まあ、でもさ。兄貴がサークル程度でバイト許してくれんなら、楽だろ。とっととどこか入っちゃえよ」

「そーなんだけどね」

零《こぼ》れるのはため息ばかりだ。

悠貴が突きつけた『難題』には、とんだオマケがついていた。

「まだなんかあんのかよ」

「あるよ」

サークルに所属するだけなら、誉田の言うように選択肢など山ほどある。名前だけの所属でもいいところもあるし、高校ではないから誰がどこのサークルにいるなどと、大学側もいちいち把握などしていない。入ったふりをすることだって可能だった。

オマケはたぶん、それを防ぐためなのだろう。

「入ったって嘘つかせないためだろうけど、俺の大ッ嫌いな男に相談しろって言うんだよね」

考えただけでも腹がたつ、と英実は爪を噛《か》んだ。

「その、『大嫌いな男』とやらは、もしかしたら俺のことかな」

「――――！」

ぽかん、と驚いた誉田の顔が英実の目の端に映る。そして背中越しに、やたらと響きのいい低音の声。それすらもが腹立たしい。

「津曲さん、どこからわいてきたんですか。盗み聞きって、あんまりいい趣味じゃないと思いますけど」

「たまたま聞こえたんだよ。ちょうど君を捜していたところで、近づいてみたら話が聞こえてきた、とそういうわけだ」

「あっそー……」

津曲弘明。思えば、英実がこの男と口をきくのははじめてだった。悠貴からいろいろと聞かされてはいるが、顔も見たくなくて逃げ続けていたからだ。

英実より頭一つは高い長身で手足が長く、肩幅も広い。全体的に締まった体躯《たいく》で、その上にある顔は同性の、彼を嫌いな英実の目にさえ、思わず見惚《みと》れてしまうほど整っていた。細いフレームの眼鏡も、いかにも頭がよさそうだ。

(こいつ、できすぎだからよけい嫌いなんだよ)

恰好《かっこう》よくて金持ちでしかも将来を嘱望される弁護士のタマゴ、と揃《そろ》いすぎだ。

ざわ、と周囲が騒いでいるのがわかった。ごく小さくだが、女の子のはしゃぐ声が聞こえてくる。大人数がごった返す大学内では、さすがに津曲を誰もが知っているということはないだろう。ただ、容色の優れた男というのは、とかく注目の的となる。

これだから、無駄にモテる男って嫌いなんだよ。

注目されるのに慣れているのか、津曲は平然としていた。英実はちくちくと刺さる好奇の視線が気になってばかりなのに、津曲のほうは綺麗さっぱり、そんなものはないとでもいうように無視している。

「俺を捜してたんですか？」

沈黙と視線とに耐えられず、英実はしかたなく口を開いた。話なんて、したくないのに。

「悠貴さんから頼まれた件で」

予想にぴったり同じ言葉を言われて、英実はがっくりと肩を落とした。

英実と繋がりのない津曲にそれ以外の用件などないだろうが、道を訊ねたいとか誉田の実家である酒屋の名前はなんだとか、そんなどうでもいいような話なら、どれほどよかったか。

『三日以内にサークルが決まらなかったら、弘明に相談しなさい』

悠貴の声が、英実の耳によみがえった。英実が津曲を毛嫌いしているのが、どうも納得できないらしい。

彼がどういう人間かなんて、話してみなければわからないだろう。案外、おまえと気があうかもしれないじゃないか。それが悠貴の言い分だった。

(そんなことわかってる)

六年まえならいざ知らず、英実だってもう十九歳になる。弁護士に丸めこまれて旅館を売りはらったなんて祖母の繰り言《くりごと》が決して正しくはないことだって、頭ではとうに承知しているのだ。

『歴史だの伝統だのなんて見えないものにあぐらをかいて、経営努力を怠《おこた》った。苦しくなったのは自業自得、どうしようもなくなるまえに旅館に買い手がついてよかったんだ。恨むどころか感謝するのが普通だろう』

悠貴の手厳しい表現はともかく、限界まで追いつめられるまえに売れたおかげで、今もどうにか暮らしていけている。

けれど、どうしても感情が納得しなかった。だからこそ、津曲には会いたくない。会って話をして、もし彼が冷酷な人間などでなかったら、嫌な人間などではなかったら、誰を恨めばいいかわからなくなる。

それでは祖母が可哀想だ。せめて自分くらいは、祖母の気持ちを抱えたままでいたかった。どうにか津曲には会わずにすまそうと思っていたのに、そうはいかないようだ。

「話って、長いんですか」

英実は平坦な声で津曲に訊ねた。

「それは君次第だよ」

「俺、次も授業あるんですけど」

穏やかそうな笑みを浮かべて話す津曲とは対照的に、英実の顔はひたすら不機嫌だ。声からも、嫌がっているのがありありとわかる。

これで津曲が呆れて放っておいてくれたらいいのに、彼は一向に気にする様子はなかった。

「授業か。しかたないな、サボらせるわけにはいかない。だったら、夕方にしよう。俺は午後なにもないから、正門の脇の喫茶店で待ってる」

「今日は四限まであるから、遅くなります」

「ゆっくり来てくれて構わないよ。じゃあ」

じゃあって、ちょっと待て。

言うだけ言うと、呆然とする英実を残し、津曲はさっと離れていってしまった。

「俺は行くなんて言ってないのに」

時間も決めていないのに、いつまで待つつもりだ。一方的にとりつけられた約束など守らず勝手に帰ったら、津曲はどうするのだろう。

一瞬、魔が差した。本当に帰ってしまおうかと思いかけ、できもしないとすぐに自分で否定する。津曲だけならともかく、彼は悠貴に頼まれて声をかけてきた。その約束を破れば、つまり悠貴に背いたことになる。

悠貴に言われたら断れないってわかってたんだろうな、あれ。

見透かされているのが面白くない。

「おまえ、あいつと知りあいだったのか」

誉田が驚いたように訊いた。

「俺は知らないよ。悠貴が知りあいなだけ」

「へぇえ、意外。おまえのにーちゃんって会社員だろ、同級生ってわけでもなさそうなのにな」

悠貴は今二十六歳だ。彼らがどこでどうして親しくなったのか、英実も知らない。何度か訊ねてはみたが、悠貴ははぐらかすばかりで話してくれなかった。

おそらく旅館の売却で津曲の父親と接触したのがきっかけだろうが、本当のところはわからない。

「誉田もあの人を知ってるの」

見目のいい男を見つけるのが早い女の子たちならともかく、学年も学部も違う誉田が、どうして津曲を知っているのだろう。

「いいな、って思って口説こうとした子が、あいつのファンだったんだよ」

「……そりゃまた」

お気の毒に。

英実と誉田とは、お互い沈痛な面持ちで長いため息をついた。


正門脇の喫茶店は一軒しかなく、指定された店はすぐにわかった。だがとてつもなく足が重く、一歩一歩はひたすら遅い。

「行きたくないー」

ぐずったところで、約束が反故《ほご》になるわけでもなく。まして店が消えてなくなってくれるなんてことも、絶対にあり得ない。

せめてアルバイトでもあれば「急いでいたから」と理由がつくものを、こんな日にかぎって入っていない。

(休みを狙ったんじゃないんだろうけど)

ひょっとしたら悠貴から予定を聞いていたのかもしれない。それとも、あの強引さでは英実の予定など気にも留めないのだろうか。

重い足をひきずって、英実は喫茶店のドアをくぐった。

弘明がいなければいいのにという期待も空《むな》しく、彼はすぐに見つかった。窓際の席で本を読んでいたようだ。ドアベルの音で気づいたのだろう、英実に向かって小さく手をあげている。

「ちゃんと来たな」

「逃げたら悠貴に怒られるじゃないですか」

あくまで弘明のためではないと強調して、英実は彼の向かいへ腰をおろした。

弘明ばかり見ているウェイトレスに、「コーヒー」とメニューも見ずに告げる。視線が彼に釘づけられているせいか、ウェイトレスが置いたコップが傾《かし》いで水が零《こぼ》れそうになる。

まったく、どいつもこいつも。

たしかに綺麗な男だとは思うが、芸能人だったらこのくらいの顔はめずらしくないだろう。

(悠貴だって、すごく綺麗なんだぞ。ぜんぜんタイプ違うけど)

つい、どうでもいいことを考えてしまう。

「昼にわざわざ学食で話しかけてきたのって、人目があれば俺が逃げないってわかってたからですか」

人気《ひとけ》がなければ無視して逃げられた。誉田と一緒にいたとしても同じだ。けれどあれほど周囲の目があるところでは、下手に逃げればなにごとかと注目されてしまう。

弘明は当然、自分の容姿の威力を知っているだろう。顔よし頭よし将来有望と三拍子揃ったこの男は、特に女の子たちのあいだではわりあい知られている。

騒ぎなど起こせば、英実までいらぬ注目をあびるはめになる。英実は大学から奨学金をもらっている身だ、面倒は極力避けたい。

英実の問いに、弘明は軽く笑っただけで答えなかった。無言なのが肯定の証拠だ。まったく忌々《いまいま》しい。英実はこっそり胸中で毒づいた。

「悠貴から、いつ連絡あったんですか」

「昨夜遅くに、ケータイにメールが入ってね。電話をしたら、君の話をされたよ」

それはまた素早いことで。

「サークルくらい自分で探せます。あなたには関係ないことですから、放っておいてください」

「そうはいかないよ。悠貴さんから頼まれたんでね」

「俺が自力でどうにかすれば、兄も文句は言いませんよ」

「さて、どうかな」

悠貴の名前を御紋入りの印籠《いんろう》のようにふりかざされると、こめかみが腹立たしさでひき攣ってくる。二人がどれほど仲がよかろうと勝手だが、彼らの事情に巻きこまれるのは真っ平だ。

「適当に選んでしまって、後悔するのは君じゃないかな。君は真面目だから、活動の頻繁《ひんぱん》などころにうっかり入ってしまったら途中で辞めることもできないだろう？」

図星、だけれど。

英実はますます不機嫌になる。君、なんて呼ばれ方さえ、なにを恰好つけているんだと文句を言いたいくらいに。

「俺が真面目かどうかなんて、知らないくせに」

「残念だけど、悠貴さんからしょっちゅう話を聞かされているんだ。とても真面目で家族思いのいい子だってな」

口元が笑みをふくんでいるのは、悠貴の口ぶりがまるで子どもを表現するようだからか。

「ご期待に添えなくて残念でした」

「そうか？　悠貴さんに聞いていたとおりだよ。それに、君とはずいぶんまえにも一度会ってる」

「それって、家がゴタついてたときですか」

英実には彼に会った憶えなどない。一度でも会っていたら、こんな男をそうそう忘れそうにないのだが。

「いや、去年だよ。悠貴さんの家へ行ったら、君が遊びに来ていた。ちょうど帰るところだったようで、俺とはすれ違っただけだから、憶えていないだろうけどな」

去年の夏といえば、英実が進路で揉めていた時期だ。就職を希望する英実は両親より先に悠貴を説得しようと今いるアパートを訪ねた。

「もしかして、うちの大学受けろって兄に言ったのは、津曲さんですか」

「弘明でいい。君が就職するんだって言ってきかないと聞いたんで、学費がタダになるって話をしただけだよ」

「……やっぱり」

大学側もそれなりに宣伝していたようだが、悠貴が急に「ここを受けろ」なんて言いだすから、おかしいとは思ったのだ。それまでは彼の母校はどうかと言っていたのである。学費が高いから嫌だという英実と、学費くらいは両親や兄でどうにかできるという家族とで、ずっと平行線を辿《たど》っていた。

「兄と、どういう関係なんですか」

「うーん……、友人ってところかな」

なんだか含みのある言いぐさで、英実は眉を顰《ひそ》めた。

「それより、サークルだけどね。特に希望がないなら、うちに来ないか?」

「行きません」

「きっぱり言うなあ」

「兄はどうだか知りませんけど、俺はあなたと関わるつもりないですから」

それまで掴《つか》みどころのない笑顔を浮かべていた弘明が、ふっ、と真顔になった。

「俺や、俺の父親がそんなに嫌い？」

あらためて訊ねられると、返事に躊躇してしまう。

嫌いだとはっきり言えばいい。そうすれば、彼とは二度と話もすることはないだろう。もともと、単に兄の知りあいというだけの繋がりだ。

けれど正面から真面目に問われてしまうと、どうしても言えなかった。誰だって、嫌いだなんて言われたら多少なりとも傷つくだろう。まして弘明や彼の父親にさえ罪のない理由でだ。

彼自身が英実をどう思っていようと、わざとひどい言葉を選ぶようなことはできない。

「嫌いってわけじゃないけど」

口籠《くちご》もりながら、英実は答えた。

「そうか、ならよかった。嫌われてるんじゃないなら、まだ望みはあるな」

「はい？」

にっと笑って嘯《うそぶ》いた弘明に、英実は声を跳ねあげた。

（なんだよ、それ）

「望みってなんですか」

「こっちにもいろいろと事情があってね。サークルだけど、たいてい暇で出席には拘《こだわ》らないし運がよければ小銭が稼げるって言ったら、少しは興味がわくかな」

「だから、サークルは自分で探すって言ってるでしょう。それに、弁護士の口車には乗らないことにしてるんです」

　正直なところ、英実は一瞬ぐらつきかけた。そんなサークルがあるなら、こちらから頼んででも入りたいくらいだ。けれど弘明がいるとなれば、話は別だ。

「俺はまだ弁護士じゃないよ」

「試験突破したって聞いてますよ。それに、卒業したら弁護士になるんだから、同じことじゃないですか」

「どうかなぁ。まだ決めかねているんだけどね」

　一年時に司法試験に合格しておいて、よく言ったものだ。

　必死でやってる連中に刺されるぞと言いかけて、英実は言葉を喉の奥に抑えた。弘明は苦笑を浮かべている。

　彼の表情が、かつての悠貴の姿とどことなくだぶって見えた。

（弁護士なんて、エリートっぽいのにな）

　著名な弁護士を父親にもち、自身も資格を手にしている。誰もが羨《うらや》む立場だろうに、もしかして彼自身には重荷なのだろうか。

　兄の悠貴は、一度として旅館を継ぎたくないとは言わなかった。両親や祖母の希望に添うようにずっと行動していたが、それが本当に悠貴の希望だったのかはわからない。

本心では、悠貴も継ぎたくなどなかったのかもしれない。以前にも何度か、英実はそう感じたことがある。だからもしかして、弘明も同じなのかと感じた。

だとしたら、あまりこの話はしないほうがいいだろう。

「勝手にサークルを名乗ってるけど、学校から公認されていなくてね。その気になったら声をかけてくれ。あぁ、よかったら明日にでも見学しにくるといいよ」

重くなりかけた雰囲気を察したらしい弘明が、からりと口調を明るく変えて言った。

こういう、察しのいいところも嫌いだ。できすぎてますます腹がたつ。

「明日はバイトがあります。それに、興味ないです」

「悠貴さんが俺に相談するまでと提示したのは三日間だったたか、俺もそれだけ待とう。返事は三日後ということでいいね」

「いいねって、だから興味ないって！」

ぜんぜん、ひとの話を聞いてないだろう。焦《あせ》って声を荒らげた英実にも構わず、彼は伝票を持って立ちあがった。

「コーヒー。とっくに冷めてるけど、結構美味《うま》いからゆっくり味わうといいよ。ちなみにこのマスター、だしたもの残されると臍《へそ》曲げるから気をつけて」

「待てちょっと、津曲さんっ」

またこのパターンか。英実は慌《あわ》てて席を立ったが、カップになみなみと残るコーヒーが目に飛びこんでくる。

臍曲げるって、そんなこと言われても。

ここで無視してしまえればいいのに、弘明の言葉がひっかかった。英実はついカウンターの中にいる男をちらりと見てしまう。男はじっと、英実の行動を眺めている。

「ったく、またこれか」

しかたなく座りなおした英実は、冷めきったカップを口に運んだ。

「美味い、けど」

なんて強引な男だろう。

あいつ、やっぱり嫌いだ。

＊　　＊　　＊

学内にある図書館は、英実のお気にいりの場所だ。

静かだし、あたりまえだが本がたくさんある。ゆっくりと考えごとをするのにも最適だし、いくら長居をしても咎《とが》められない。

空き時間に図書館へ足を運んだ英実は、適当に本を掴むとテーブルの端に席をとる。ページを捲《めく》りながら、ぼんやりと考えに耽《ふけ》った。

　昨日の、弘明との会話が思いだされてしまって、どうにもおちつかない。

　三日間なんて勝手な言いぶんなど、今度こそ無視してしまえばいい。いやそれより、さっさと所属サークルさえ決めてしまえば、弘明とも関わらなくてすむのだ。

「ああ、やっぱりここにいたな」

　静かな図書館に、大声が響いた。誉田の声だ。周囲から冷たい視線が注がれる。

「莫迦《ばか》、場所考えて喋《しゃべ》れ」

　英実は大柄な体躯を縮めた誉田を睨《にら》み、ごく小声で咎めた。

「ごめん。ところで昨日のアレ、なんだったんだよ。おまえすぐ帰っちまったし、気になって気になって」

　誉田にしてみれば店へ英実を紹介した責任もあるのだろう。まさか辞めさせられるのでは、と心配して、登校するなり英実を捜していたらしい。

「悠貴があの人にサークル捜し手伝ってくれって頼んでたんだって。で、あの人がいるところの話をしてくれたってだけ。小銭稼げて暇なサークルなんて都合のいいこと言ってたけど、そんなんあるわけないよな」

　適当にごまかして騙《だま》そうとしても、そうはいかない。英実が呟《つぶや》くと、意外にも誉田は「あれのことか」と心あたりがあるようなことを言った。

「知ってんの？」

周囲を慮《おもんぱか》って、二人ともぼそぼそと小さい声で話す。男二人が顔を突きあわせて内緒話をしている姿は、なかなか不気味だと英実は思う。

場所を変えたほうがいい。いくら小声でも周りには迷惑だ。二人して図書館を出て、学内のカフェを目指して歩いた。

「たしかそのサークル、情報分析研究会っつったかな。ゼミみたいな名前なんで憶えてんだけど、入部資格があるんじゃなかったか。男も女も顔がよくなきゃ入れないとかで、怪しい商売してんじゃないかとか、いろいろ噂されてるぞ。あぁ、ゲームソフトだかなんだかつくって小銭稼いでんのはたしかみたいだ。それと、他の学校の学祭に出張して、占いやってるとか」

占い？

「なんだそれ」

「どこかのマンションに部室があって、最新式のパソコンがずらっと並んでるとさ」

聞けば聞くほど胡散臭《うさんくさ》い。ネズミ講か詐欺《さぎ》まがいの集団ではないのか。怪しげな団体が人を集めるのに大学のサークルを利用するのだと、英実もたまに聞いている。

「誉田、ずいぶん詳しいね」

「あいつのファンの子がいるって言っただろ。情報がほしいって言われて、あちこち調べたことあんだよ」

「涙ぐましい努力してるなあ」

英実は呆れ半分感心半分で言った。

わざわざライバルの情報など流してやることもないだろうに。

「けなげだろう、同情してくれ」

「同情くらいするけどさ、相手が悪いよ。ところで、誉田はそこに入らなかったの」

なんの気なしに訊ねると、誉田はますます凹《へこ》みきった顔で英実を恨めしげに見た。

「フラれた相手と、毎日顔あわせろってか」

「ごめん」

「それに俺は無理だろ。そんなに頭よくないし、顔もこのとおりだから」

「おまえ、充分恰好いいと思うけど？」

童顔で女の子からも意識されない英実より、誉田のほうがずっといい。英実は本気で言ったのだが、彼は軽く肩を竦《すく》めて「慰《なぐさ》めてくれなくていいよ」と答えた。

「いいんだ、俺は新しい恋を探すから！　ところで、明日のコンパでない？　沢野がいると警戒されなくて女の子集めやすいんだけど」

「やだ」

「同情してくれって頼んだだろ」

「それとこれとは別。苦学生に頼らず自分でどうにかしろ」

「俺だって『苦学生』だぞ。恋に飢えてる可哀想な学生さんじゃん」

「恋に飢えてるとか、よく恥ずかしくなく言えるねー……」

「本心だからな」

「一生言ってろ」

真顔で言ってのけた誉田に、英実は呆れて目を眇めた。

＊　＊　＊

重厚な木製のドアのまえで、弘明は腕時計を確認した。九時少しまえ、ぎりぎりだが約束にはまにあったようだ。

ほっとしてドアを開け、照明を絞った店内へ視線を巡らせる。

「こっちだ」

店の片隅で手をあげた青年のほうへ、弘明は大股で向かった。

「すみません悠貴さん。待ちましたか」

「時間ぴったり。遅れてないって自分で知ってるんだろう？　今日は早くあがれたから、先に呑んでた」

悠貴が言って、弘明に席を勧めた。

「それ、何杯目ですか」

「まだこれしか頼んでないよ。話するのに、酔っぱらってどうする」

これ、と言って軽く手を掲げた悠貴の手にはロックグラスがあって、まだ半分以上残っている。

「ぜんぜん酔わないくせに。酔いつぶそうとしてかえり討ちにあったって聞いてますよ」

弘明が言うと、悠貴は顔を顰《しか》めた。

「酔わせてどうこうしようなんて、考えが甘いんだよ。つきあいで呑まされることもあるから、酒には強くなるように鍛えてある。まあ、体質もあるんだろうけどな」

まったく呑めないか呑んでも酔わないか、酒席で醜態《しゅうたい》を晒《さら》さないためにはどちらかがいい。中途半端に呑めると、勧められた酒が断れなくて面倒だ。

会社員の悠貴は、つきあいの呑み会にひっぱりだされることもよくある。その際の自衛手段として、かなり以前にアドバイスされたのだと言った。

「未だに懇親《こんしん》の呑み会なんてあるんですか。ずいぶん時代錯誤ですね」

「会社員はタイヘンなんです。つか、大学だって断れない呑み会くらいあるだろ。上下うるさいんじゃないのか」

「俺ははっきり断るタイプなんで」

弘明がにっと笑ってみせると、ああそうかよ、と悠貴が呆れて返した。

「英実は？　あいつ、呑めるんですか」

「ひとの弟を呼びすてにするな。あいつには呑ませたことないから知らない。親父に似れば強いだろうし、母親は駄目だったからそっちに似たらアウトかな。でも、未成年のうちは呑ませるなよ」

「わかってますよ。じゃあ、成人したらいいんですか」

「英実が呑みたいって言ったらね。あと、おまえが責任もってつぶさないよう見張るなら」

「バーでバイトしてるくらいなんだから、そこそこ呑みそうだけどなあ」

「客の席に着いて呑ませるような店じゃないだろ。それに、帰ってきたときに酒の匂いさせてたら、すぐにわかる。あいつ、自分が煙草臭いのには気づいてなかったみたいだけどな」

「へえ、英実は煙草吸うんだ」

言葉が呼び水になって、口寂しくなる。失礼、と前置きして、弘明は煙草を銜《くわ》えた。

「だから呼びすてにするなって言ってるだろ。吸わないよ、たぶんな。少なくとも家じゃ吸ってない。ただ、一緒にいれば匂いが移るだろう。髪とか服から煙草が匂ったんで、あいつのバイト先がわかったんだよ」

どうやら英実が禁じていた酒場でのバイトをしているらしい。悠貴からそう相談されたのは、先月末、ゴールデンウィーク直前のことだ。

大学生のアルバイトならよくあることだし、それくらい構わないだろうと軽く流すと、悠貴は真剣な顔で怒っていた。

呑み屋に偏見があるのかと思っていたのだが、そういうわけではないらしい。

「それで、門限十二時なんですか？」

「そう。煙草じゃ酔わないが、酒に酔ってなにかあったら大変だろ」

コンパだの呑み会だのには興味ないみたいだから、そっちは助かったんだけどな。悠貴が零すのを聞いて、弘明は小さく笑った。

「――なにが可笑《おか》しい？」

悠貴が形のいい眉根を寄せた。

「相変わらず、過保護ですね」

「煩いな。あれは可愛いし世間知らずだから、心配なんだよ」

ブラコンというのだろう。悠貴は照れもせず堂々と、弟を可愛いと断言した。

「あの子は案外、逞《たくま》しそうだけどなあ」

英実はふわんとした可愛らしい顔をしている。まだ頬のあたりに丸みが残っていて、全体的に幼い顔つきだ。大きな瞳がひどく印象的で、まっすぐに見られるとたじろいでしまうほどだ。

あれだけ可愛いなら、酔っぱらいに絡《から》まれるくらいはあるかもしれない。たしかに弘明も同意する。ただ英実は気が強そうだし、おとなしく絡まれているようには考えられない。

酔いつぶして悪戯《いたずら》してみたいとこっそり思うが、悠貴のまえではもちろん言わない。

「だから心配なんだよ。酔っぱらいの客でも殴りたおして問題になったら、あいつの将来に傷がつく」

「なるほど、そっちの心配ですか。ところで、サークルの件は話してきましたよ。やたらと嫌がられましたけど」

　ああまで毛嫌いされると、よけいに構いたくなる。英実はひどく嗜虐《しぎゃく》心をそそる。そのくせ妙に律儀で逃げもしないから、策略を巡らせるタイプの弘明にはますます面白い。

「あいつは、俺と違って情に厚いから。祖母さんに義理だてしてるんだろう。旅館潰れたのは自業自得だって何度も言いきかせたんだけどな」

　悠貴は弘明に向かい、すまないと小さく頭をさげた。

「気にしてませんよ。よくあることですから」

　父親の稼業が弁護士なので、こういった事態ははじめてではない。息子の弘明はともかく、父親は理不尽に怒鳴りこまれたり脅《おど》されたり、そのくらいは慣れているだろう。暴力をふるわれない分、嫌われる程度ならしかたない。

　そして弘明は、このまま嫌われつづけるつもりもなかった。

「あいつは強情だから、頭じゃわかってるのに拘っちまうんだろ。悪いな」

　悠貴から、事前に英実や旅館売却にまつわる話は聞いている。

「いいえ、父のやり方も強引だったんでしょうし。それに悠貴さんは英実——くん、の、ああいうところが可愛いんでしょう?」

名前を呼ぶと、じろりと睨まれる。とってつけたように敬称を加えながら、弘明は言った。

「まあね。それに俺も、ぜんぶ話せたわけじゃないからな。英実にはいろいろ、言いにくくて」

悠貴が秀麗な顔を翳《かげ》らせた。

「そうでしょうね」

弘明は、悠貴が英実に話せない『事情』をよく知っている。うっすらと笑って悠貴を見ると、彼にきつい目で睨まれた。

この兄弟は、似ていないようでよく似ている。

全体的に整った顔立ちだが、兄の悠貴は柔らかさをそぎ落とし、やや陰があり寂しげだ。弟の英実は頬も瞳も唇さえも柔らかい印象だった。

けれど華奢で骨格が細いのは同じだし、悠貴をもう少し丸くして、英実をおとなびさせたら、もっと似てくるのじゃないだろうか。

おまけに、頑固なところはそっくりだ。

「バイトは許可するんですよね?」

「急に辞めさせるわけにはいかないだろ。一人減るだけでも店が大変だ」

「無茶しない程度なら、バイトも悪くないと思いますよ。英実くんだって、買いたいものくらいあるでしょう」

「それが目的なら反対もしないよ」

悠貴が苦く息をつく。

「生活費なんか稼がなくたっていいのに。なにを気にしてるんだか」

「それはあなたも一緒でしょう。そういうところ、よく似てますよ」

指摘すると、悠貴は顔を赤らめて背けた。

弘明がこの兄弟に関わるようになったのは、六年まえ、旅館売却の仕事を父がひきうけたのがきっかけだ。

弁護士の仕事は顧客の利益を守ること。それはわかる。けれどあまりにも手段が峻烈《しゅんれつ》すぎて、弘明にはどうしても納得できなかった。

おまえは甘いと、何度も言われた。やがて事務所を継ぐのだから、もっと冷徹でなくては困ると小言ばかり言われつづけた。弘明にしてみれば、父親のやりすぎに眉を顰《ひそ》めたのは別の理由であって、言われるように甘いからではないと思っている。徹底的に追いつめれば無駄な敵をつくるだけだ。我が身を守りたいなら、相手に逃げ場を用意したほうが有効だろう。

それが自分自身に対して甘いというなら、そのとおりだ。けれど跡継ぎになるなら、この方法を曲げるつもりはない。仕事だけに没頭するなど、今はまだ考えられない。

父の仕事を継ぐのは弘明が生まれた直後から決められていたことだ。周囲の期待が大きすぎて鬱陶《うっとう》しく、けれど真っ向から刃向かうには他に希望もない。父の手腕を全面的に賛成もできないまま、決められた道を進んできた。

それが沢野家との関わりで、はじめて父の人間らしいところを見た。

すべてをビジネスで割りきり、顧客の利益第一がモットーだった父親がはじめて情で動かされたのが意外で、好奇心が疼いた。

「おまえも父親とよく似てるよ」

「残念ながら、たぶん俺は父よりドライです」

「それも知ってる」

弘明を後継者に育てるために、父親は自宅でも厳しい面しか見せなかった。さして人間的な興味を感じなかった父親を観察してみれば、なるほど弘明自身などより、よほど甘いようだ。

「あの父が人情で動くなんてねえ。予想外すぎて、本当に驚いたんですよ。だから、あなたに会いに行ったんです」

「クソ可愛くねえガキだったよ」

「ガキって、あなたとは三つしか違わないでしょう」

「今はともかく、十七と二〇じゃ三つの差はでかいの」

「そうですかねえ」

「おまえは、とても高校生には見えなかったけどな」

「そりゃどうも」

「褒《ほ》めてない。結局、ウチの家族はおまえたちに助けられたんだけどな」

「父は自分の仕事をしただけです。まあちょっと、ぬるかったですがね」

できるだけいい条件で、などと、弘明の父親ははじめて、自分の方針を曲げた。

「英実も、根は素直だからそのうちわかると思う」

「わかってます。まあ、気長に口説かせてもらいますよ」

笑んだ弘明に、悠貴がむっと顔を顰めた。

「口説くっておまえな」

「言いかたが悪いですか。でも本心ですから」

「俺は賛成じゃない。それだけは憶えておけよ。正面きって反対できる立場じゃないから黙ってるだけだ。ったく、俺を脅迫するなんていい度胸してるよ」

「嫌だな、脅迫なんてしてませんよ。協力してくれって頼んでるだけです。お互いの立場がありますしね」

心外だ。弘明は苦笑を浮かべた。

「英実を泣かせたら許さない」

「わかってます」

「絶対に危ないことはさせるな。それに、あいつが嫌がることも。一度でも英実が泣くようなことになったら、なにがどうでも妨害してやる」

きっちり釘を刺した悠貴に、弘明は再度頷いてみせた。

とっかかりさえ掴めれば、あとはどうにでもできる。ともかくも英実から津曲家への嫌悪感を消すのがまずは第一だ。

弘明は二本目の煙草を銜えた。さて、どうやって口説こう。面白くなさそうにグラスを傾ける悠貴を眺めつつ、考えを巡らせていた。

＊　＊　＊

図書館の片隅に席を取って、英実は頬杖《ほおづえ》をつき、すっかり途方に暮れていた。今日は一限目のあとが空いていて、午後の授業まではだいぶ時間がある。

悠貴に突きつけられた期限まであと一日しかないのに、英実はまだ候補さえ絞れていなかった。

サークルって、こんなにあるのかよ。

ちょっと調べただけでも、目眩《めまい》がするほどの数だ。公認非公認あわせると、とても一覧表に収まりきれない。

片手で足りるほどの人数しかいないところもあれば、こんなに集めてどうするんだというほどの人数を抱えているところもある。

体育会系は論外だし、金のかかりそうなところも駄目。幽霊部員でもいいかと思うが、いざ入ろうと思うとつい、少しでも興味がわきそうなところをなんて選《え》りごのみしてしまう。

『とりあえず適当に入っちまえばいいだろ。そんで、気にいらなきゃ辞めればいい』

誉田はそう言うのだが、気質として英実にはそれができない。

「やっぱりここか」

頭上から声が降ってくる。ふり仰がなくても、相手は誰だかもうわかった。この二日ばかり、彼は頻繁に英実のまえに姿を現すようになっていた。

まるで、英実のスケジュールを熟知しているかのように、行く先々で彼と会ってしまうのである。

「暇ですね、津曲さん」

「弘明でいいって言ってるだろ。どう、決まった？」

決まっていたら、開口一番にそう告げている。むすりと黙りこんだ英実に、弘明はにっこりと笑った。

「その様子じゃ、まだのようだね」

「…………」

いいと言っていないのに、彼は英実のすぐ傍《そば》に椅子をひいて座った。長い脚をゆったりと組んでいるのすら、長身を誇示しているように見えてしまって憎らしい。

（これも八つあたりだけどな）

反射的にむっとしながらも、英実は自分自身に呆れている。

「俺のいるサークルは候補に入れてもらえないのかな」

「それはお断りしたはずです」

「どこかに所属すればいいんだろう？　いつでも自由に辞めて構わないんだよ。それにもし君が抜けたとしても、しばらくは悠貴さんに黙っていてあげよう」

「条件がよすぎると、絶対落とし穴があるって相場が決まってるじゃないですか」

静かな図書館では僅《わず》かな声でも響いてしまう。可能なかぎり声をひそめてはいるが、英実は周囲が気になってしかたなかった。

話をするには向かない場所だ。かといって場所を移そうというのは、まるで弘明と話がしたいように思われてしまいそうで、それも嫌だ。

「落とし穴なんかないけどなあ。君を騙したりしたら、悠貴さんに怒られるだろ」

理屈はわかる。が、納得できない。だいたい、気にいらないというなら、弘明がいるというそれ自体が、英実には『気にいらない』のである。

「誉田に聞いたけど、津曲さんのところって入るのに条件あるんじゃないの」

「誉田？　ああ、いつも君と一緒にいるあの男か。条件はあるけど、君なら大丈夫。有望な人材をスカウトしてるつもりだよ」

スカウトされている英実には、思いあたる節がない。どう考えても自分などどこにでもいる人材としか思えなかった。

「なんで俺にそんないろいろしてくれようとするの」

「悠貴さんに頼まれたからって言ったろ？」

「それにしたって、親切すぎて不気味だよ。なんか、裏がありそうだ」

そして、裏があるとしたら悠貴絡みしかない。

悠貴は、昔から男女問わずにやたらともてていた。もしかしたら弘明も、悠貴に目が眩《くら》んでいるのだろうか。だとしたら自分などに関わるより、直接本人にあたればいいだろうに。

「なんだったら、バイトも今後ずっと通えるように悠貴さんを説得してあげるよ。今の店が好きなんだろう？　少しだけ門限の時間を延長させるように、俺から話してみてもいいしな」

アルバイトを続けるか続けないかは、現在保留中だ。サークルに所属すればお目こぼしということにはなっているのだが、この先どうなるかといえば、やはり頭が痛くなる。

けれど、そんなことでまで他人を頼るつもりはなかった。

「そんなの、自分でするからいいです」

「君のバイトは俺もあんまり賛成じゃないけどね」

「どうして」

弘明が反対しようが賛成しようがどうでもいいが、言われれば気になってしまう。彼の言葉など放っておけと思うのに、つい訊ねてしまった。

「君は可愛いから、心配なんだ」

「……莫迦じゃないの？」

可愛いと言われてしまうのには、もういい加減慣れた。いくら否定しようと嫌がろうと、英実の評価はいつも『可愛い』止まりだ。

恰好いいとか男らしいとか、一度くらい言われてみたかった。同じようにあまり男臭くないタイプの悠貴だって、他人の評価は『可愛い』ではないのに。

やっぱり頼りなく見えてしまうのか。慣れて諦めてはいても、言われるたびにおちこむ。

「場所を移そう、ここじゃちゃんとした話もできない。ほら、司書さんが睨んでるよ」

睨んでるんじゃなくて、あんたに見惚れているだけじゃないのか。言いかけたが、きついまなざしを向ける司書と目があった。

英実はしかたなく席をたつ。お気にいりの場所を、こんなことで失いたくなかった。


てっきり学食か空き教室か、せいぜい喫茶店あたりだろうと思っていたのに、連れてこられたのは、大学からほど近い場所にあるワンルームマンションの一室だった。

途中でひき返せばよかったものを、つい何処《どこ》へ行くのか好奇心が疼いてしまったのが間違いだった。

関係者以外立入禁止の札こそあるが、特に警備員もいないしオートロックでもない。エレベーターを上がって三階に行くと、弘明はずらりと並んだドアのちょうど真ん中あたりで止まった。

「ここが部室。さあ、どうぞ」

中に誰かいるのか、鍵はかかっていない。それとも、普段から開けたままなのだろうか。背中を軽く押され、英実は部屋へあがった。

「場所移すっていったら、普通は喫茶店かどっかなんじゃないですか」

「他人を気にせず話がしたいだろう。心配しなくても俺の家じゃないよ。いきなり部屋に連れこんだりしない。ここはウチの『部室』です」

「そんな心配してないよ」

男の自分が、部屋に連れこまれてどう心配しろというのだ。ますます男扱いされていないような気がして、英実は拗《す》ねて口を尖《とが》らせた。

短い廊下のつきあたりは広い部屋だ。壁の一面には、誉田が言っていたとおりずらりとデスクトップパソコンが並んでいた。テーブルの上にも、幾つかのこちらはノートパソコンが置かれている。電話も、目に見えるところに二台。まるでどこかの会社のような造りに、これが部室かと呆れた。

部屋には三人、人がいた。女性が一人に男が二人。女性は壁際のパソコンでなにやら作業をしていたが、男二人は英実たちに気づくと、軽く手をあげて近づいてきた。

「お疲れ。これがニューフェイス？」

英実の頭越しに、男の片割れが弘明に声をかけた。もう一人は会釈だけして、すぐに廊下へ去っていく。

これってなんだこれって。それに俺はまだ入るなんて言ってない。

口を挟めば面倒になりそうで、英実は黙ったままでそう思う。

「とりあえず仮だけどな、口説くのに苦労してるよ。どうにか連れてはこられたけどね」

「へえ、めずらしい」

男が、面白そうに英実を眺める。いかにも品定めをしているような視線に、英実は不快な表情を浮かべた。

「高校生じゃないよな」

「ウチの一年だよ」

「ふうん、なるほどねえ」

だから、なにが『なるほど』だ。

「まあ、そんなに怒りなさんな。弘明がひっかけてなかなか折れないってのが面白いだけだから」

男は英実に向けて言った。

「そうなんですか」

ほとんど棒読みの英実の声にも、男はにやにやとした笑いのままだ。

「そうなんです。こいつ、人を誑《たぶらか》すの得意だから」

「人聞きの悪いこと言うなよ」

「事実だろ？　そのツラのせいで嫌われるってのもアリだけどな。この子、そういうタイプじゃなさそうだ。自分に自信のないやつって、できた男見ると無駄な嫉妬するからな」

男が言うのに、英実は無言のままで通した。

英実の場合、弘明の容姿も体格も気にいらないが、それは自分がいちいち彼を嫌おうとしているせいなのを自覚している。そもそも最初から彼には好意などもっていないのに、つい見惚れてしまいそうになったくらいだ。

嫌いなんだと言いきかせていないと、丸めこまれてしまいそうな自分が嫌だった。

「ところで、有希江《ゆきえ》ちゃんには手を出さないようにね」

「……は？」

誰のことだ。憶えのない名前に、英実は目を瞬かせた。

「あれはうちの共用財産だから。貴重なんだぞ、弘明とサシで渡りあえる女はそういない」

「誰ですか？」

「あそこで作業してる女、いるだろ」

男が親指で、パソコンを操作している女性を指さした。

「ちょーっと！　そこの！　ひとを財産扱いしないでって言ってるでしょう」

ぴしりと厳しい声が飛ぶ。どうやら聞こえていたらしい。彼女はふり向かないまま、声をはりあげた。

「なに言ってんだ、男も女も綺麗なものはそれだけで資産価値があるんだよ」

「その言いざまが嫌なのよ。私は花瓶や絵じゃないんですがっ」

「だからそういう意味じゃなくてさぁ。なあ、弘明?」

男が意味ありげに弘明を見た。弘明はその視線を受け軽く肩を竦めてみせる。

（……ふうん?）

もしかして、津曲さんの彼女なのかな。

うしろ姿しかわからない女性と弘明とをこっそり見比べ、英実はそう考えた。あぁでも共用財産とか言っていたから、違うのかもしれない。

どっちでも、関係ないけど。

「あんまり変なこと吹きこむなよ。ウチのこと、ぜんぜん知らないんだから」

「へえ?　そうなんだ。ぜんぜん、まったく?」

弘明の言葉を受けて、男が驚いたように訊ねてくる。英実は「まるっきり知りません」と肯定した。

「噂とかも聞いてない？」

「そういうの、興味ないですから」

「そりゃまためずらしい」

部屋の女性が「資産扱い」ならば自分は珍獣扱いか。めずらしいを連発され、ますます英実は面白くない顔になる。

「弘明、今度はずいぶん毛色の変わったの連れてきたな」

「可愛いだろ？」

頭上を飛びかう会話に、英実は顔を顰めたり呆れたりと忙しい。

「いやそうだけど。まあ、いいか。弘明がよけりゃ」

それじゃあとはよろしくと言って、男が英実の肩を叩いた。思いきり力をこめられて顔を顰めたのにも構わず、男はさっさと出ていってしまう。

「ごめん。驚いただろう」

「驚いたもなにも、さっぱりわけがわからないんですけど」

入部するなどと英実は一言も言っていない。場所を変えようと言われてついてきてしまっただけで、見学の予定ですらなかった。

「座って。昼飯まだだろう、パスタ嫌いじゃないよな」

「……はあ」

相変わらず強引な弘明は、英実をテーブルに着かせてしまうと、自分はキッチンへ入った。食器のぶつかる音がしたあと、両手に皿を持って戻ってくる。

「有希江、一休みしないか」

壁際の女性に声をかけると、彼女も「そうする」と言って立ちあがり、ゆっくりこちらに歩いてくる。

なるほど綺麗な女性だった。誉田が容姿も条件のうちだと言っていたのを思いだす。それに、さっきの男が「資産価値」と言ったのにさえ、頷いてしまいそうだ。

あざやかな赤いマニキュアが、ひらりと英実の眼前を泳いだ。

「これつくったの、有希江なんだ。美味いよ、結構」

「結構じゃなくて、すごく美味《おい》しいの。訂正してよね」

弘明の言葉を言いなおし、彼女は英実の正面に座った。そうしてじっと英実を見つめ、にっこりと微笑《ほほえ》む。

「なーるほど、これが噂の沢野英実君とやらですか」

また『これ』扱いだ。……もういいけど。

「どうぞ、本当に美味しいわよ」

つくった当人に断言されて、英実はおそるおそるフォークをとった。別に不味《まず》そうだと思ったわけではないのだが、どうもこの展開に戸惑うばかりだ。

　こんなところで、平和に食事をしている場合ではないのだが。

　弘明は持ってきた皿を英実と彼女とに配ると、もう一度キッチンにとって返して自分の皿をとってくる。いくつも椅子は空いているのにわざわざ英実の横に座り、彼もフォークをとってパスタを口に運んだ。

「ちょっと辛いけど、美味しいです」

「ありがとう」

　英実が言うと、有希江が当然とばかりに頷いてみせる。

　タバスコがきいているらしい。トマトソースのパスタは辛い分食が進む。いったん食べはじめると空腹を思いだし、英実はたちまち皿の上を平らげてしまった。

「おまえ、これは嫌がらせか」

　隣を見ると、弘明はほとんど手をつけていない。

「津曲さん、……もしかして辛いの駄目なんですか」

「弘明って、香辛料苦手なのよねえ?」

　弘明のうんざりした顔に、有希江がからりと声をあげて笑った。

「唐辛子とタバスコだけだ」

「それだけで充分でしょ」

本気で嫌そうにしているのが、なんだかとても意外だ。手で口を押さえている姿が、失礼ながらちょっと可愛く思えた。

ばつが悪いのか、弘明がわざとらしい咳払いをした。

「さっきも言ったがここはよくある非公認サークルの一つでね。というより、実は大学のサークルってわけでもないいんだ」

「それじゃ駄目です。悠貴の条件にあわない」

「サークルだって名乗れば学内サークルになるだろ？」

「そういう問題じゃないし」

公にどう思われているかより、英実にとって重要なのは、悠貴がどう思うかである。アルバイト先を悠貴に内緒にして怒られたのだから、これ以上、兄に嘘はつきたくなかった。

「悠貴さんが勧めたんだから構わないんじゃないのか」

せっかく見つけた断る口実は、弘明にあっさり却下されてしまった。

「だいたいここって、なにやってるんですか」

誉田は情報分析研究会だと言っていた。難しい経済の話なら、まだ勉強中の英実などとても役にたたない。

（あと「占い」とか「商売」とか言ってたよなあ）

誉田の話を頭の中で掘りおこし、英実は興味ないなと一蹴《いっしゅう》する。

「商売になりそうなことをあれこれ考えて、企画売りこんだり、頼まれて下請《したう》けで動くこともあるかな。ベンチャーの真似事だと考えてくれたらいい」

「占いとかいうのは？」

「それは知ってるのか」

「誉田から聞いたんです」

「有希江の趣味だよ」

弘明が言うと、「結構あたるのよ」と有希江が口を挟んだ。

「占星術って統計なのよね。ちゃんと勉強すればある程度はできるようになるわよ。天気図みたいなものかなあ、だから専門学校もあるでしょ？　カードを使うのは別ね」

有希江が言った。

「俺、興味ないから知りませんよ。津曲さんもそういうの、信じてるんですか」

「ああ駄目。弘明はウルトラ現実主義者だから」

なるほど。たしかに弁護士になろうという者が占いで左右されたら、それはそれで問題――かもしれない。

「試しに占ってあげましょうか？」

「結構です」

信じていなくても、悪い結果なら気にはなる。

「そう？　でも案外、身近なんだけどな。ほら、家を建てるのに方角が悪いとか、いろいろ言うじゃない。お葬式は友引の日以外だとかね。あれも元はといえば、占いの一環だしね」

客商売だから、祖母や両親が日取りなどは気にしていたのを憶えている。けれど、そうしたところで結局潰れてしまったのだから、効果はなかったのだろう。

「ホントに遠慮しときます」

「つまんなぁい、弘明もぜんぜんとりあってくれないし」

「諦めて、おまえの客を相手にしてろ」

有希江はインターネット上で有料の占いサイトを開いているらしい。話のあいだに、弘明が英実に説明した。

「わりと流行《はや》ってて、事務費くらいは稼げてるんだから文句は言わない」

「文句なんて言ってないだろう」

「顔で言ってるでしょ。人は不安になると何かに頼りたくなるものってこと。弘明みたいに、誰も彼も自信たっぷりに生きてるわけじゃないの。ねえ？」

同意を促《うなが》されて、英実は顔をひき攣らせつつ頷いた。前半はともかく、弘明が自信たっぷりだろうことは、しばらく一緒にいただけで充分わかる。

「自信なんか、そうそうあるわけじゃない。ただ、自分の力量を知ってるだけだ」

「それを世間では『自信家』って言うんです」

あぁやだやだ。言って、有希江は天を仰いだ。

「それで？　沢野君はここに入るつもりなの？」

「いえあの、俺は――」

「入るわよね？」

話をするって連れてこられただけで、と説明しようとしたのに、有希江が語尾にかぶせるように言ってくる。

「入るって言いなさい。人手足りないんだから」

「あ、あのでも。他に入りたい奴くらいいそうな……気が…………」

横から弘明、正面から有希江の重圧で、二重攻撃だ。弘明だけなら刃向かえるのだが、どうにも英実は女性に弱い。

女性には親切にしなさいという祖母の教えが染みついてしまっている。祖母は家つき娘で世間知らずだったのに、まるで働かなかった祖父のせいでよけいな苦労を強《し》いられたのだ。そのためか、沢野家では祖母に徹底的にそれを教えこまれる。

(どう考えたって、女の人のほうが強そうだけど)

母親にしろ目のまえの有希江にしろ。精神的にはとても逞しそうだ。

「他は関係ないでしょ？　今は沢野君――ってああ面倒くさい、英実でいいわね？　英実がどう思っているかを問題にしてるの」

沢野、ならともかく、どうしていきなり名前になるのか。弘明にしろ彼女にしろ、ここではファーストネームを使うという規則でもあるのだろうか。

返事をしろ、今すぐ「うん」と言えと迫ってくる有希江にたじたじになりながら、英実はどうにかそれだけを訊ねた。

「だっていつも弘明に聞いてたから」

どういうことだ。英実は弘明を睨んだ。

「悠貴さんが英実って呼んでたから。それが移っただけだ。あと兄弟両方と知りあいで、名字だとややこしいだろ」

「俺のいないところで、勝手に俺の話しないでください。それと俺が津曲さんと知りあったのはつい最近です」

「じゃあ、英実がここにいれば名前で呼んでもいい？」

「そうじゃないでしょう」

論点がずれている。だが弘明は「許可もらったから、俺も英実って呼ぼう」などと、ぬけぬけと言っている。

「悠貴さんに怒られたんだよな。でも本人がいいなら、構わないな」

「いいなんて言ってない！」

「そんなどうでもいいことで揉めてないで、返事しなさい沢野英実」

だから、どうして俺なんだ。他にいくらでも希望する奴がいるんだろうに。ぐるぐると頭の中を不満でいっぱいにしながらも、英実はとうとう逆らえなかった。

「有希江には逆らわないほうがいいぞ」

ぼそりと呟いた弘明の声が、まるで悪魔の囁《ささや》きに聞こえた。こんな状態になると見越して、彼は英実をここへ連れてきたのだろう。

まるで手のひらの上で踊らされているみたいだ。なにもかも、弘明の思惑通りに進んでしまっている。

自分じゃない誰かの意志で動かされるなんて、嫌だ。どうにかして弘明から離れようとしているのに、そんな英実を嘲笑《あざわら》うように、彼は易々《やすやす》と事態を動かしていく。

「事情があって、俺はどっかのサークルに入らなきゃならないんです。でもバイトあるし、生活だって楽じゃない。だから、ろくに活動なんてできません」

弘明と関わりたくないから絶対に嫌だ。ここでそう告げるのは、なんだか子どもじみているようで躊躇《ためら》われる。英実は上澄みの部分だけを言った。

「知ってる、それで充分。暇なときに顔だけだしてくれたらいいんじゃない？」

「もともと、暇人が固まってただけだからな。あんまり暇だからなんかやること探そうってはじまったくらいだ」

……そうだったのか。

「結構稼げるわよー。お小遣いくらいなら、どうにかなるんじゃない。株に詳しいのもいるから、教えてもらったら？」

「博打《ばくち》はしない主義です」

「あらやだ、博打なんかじゃないわよ。そりゃ大金を一気に叩きだそうとするなら別だけど、小口で細かく動かすなら大丈夫みたい。私は興味ないけど、それで生活費稼いでるのもいるくらいなのよぅ」

「どれくらいですか？」

「十五万から二十万くらい、って言ってたかなあ。自分でパソコン買えないし回線ひくのももったいないって、ここに来て作業してるわ。使用料で一割もらってるの」

それはすごい。さすがに目を丸くした。

「回線あるし、ネットは自由にどうぞ。ただし、ウィルスには気をつけてね。ワクチンソフト入れてあるけど、充分注意しないと繋がっている機械が全部影響受けるから。それと人に見られて困るものは入れないこと、機械を過信しないほうがいいわね。奪《と》られて困るものは回線に繋がっていない機種に入れて、データは自分で管理しなさい」

「学校で使うくらいしか、パソコンなんか触りませんよ。俺、ケータイも持ってないのに」

あれば便利だとは思うが、なければないでどうにでもなる。学内の連絡事項がメールでまわってくるので、お仕着せのメールアドレスくらいは持っているが、授業で使う以外はまったく触らない。

「だったら覚えなさい。就職するのもバイトするのも、覚えておいて損はないでしょ」

「……はあ……」

どうやら、英実が入るものだという前提で話が進んでいく。これをどうとどめたものか、英実は頭を悩ませた。


部室での経緯に疲れ、英実は無言のまま駅までの道を辿った。バスに乗れば早いし楽だが、バス代がもったいない。英実は普段から二十分以上歩いて通っている。

つきあうことはないだろうに、なんの酔狂《すいきょう》だか共に部室を出た弘明も、英実と並んで歩いていた。

「津曲さん。バス使わないんですか」

「普段は車だからな」

なるほど。

「だったら車とってきたらどうです。駐車場に置きっぱなしでしょう」

「隣に乗ってくれる？」

「お断りします」

なんで弘明の車に乗る必要がある。英実は一言で却下した。

「そう言うと思ったから歩いてるんだろ」

「車置きっぱなしじゃまずいんじゃないの」

「あとでとりに戻るからいいさ」

あんた、莫迦ですか。

「なに考えてんだか」

「俺は英実と歩きたいだけだよ」

「英実って言うな」

名前で呼ばれるほど、親しくするつもりはない。

「有希江には許可したのに、俺は駄目だなんて狡《ずる》いだろ」

「狡いって、子どもじゃあるまいし。それに、あれは許可したんじゃなくて勝手に向こうが呼んでるだけです」

「じゃあ、俺もそうする。ついでに、俺も『津曲』って言わないでほしいんだけどな」

「津曲さんの名前でしょう」

「嫌いなんだ。親父が背中に透けて見えるような気がしてね」

「跡、継ぎたくないの？」

「今はそうでもない。悠貴さんのおかげかな」

「ふうん」

めずらしく、弘明が柔らかい表情を浮かべた。そのあたりが、英実にやたらと近づいてくる原因なのかもしれない。

「言っておくけど、俺になにしたって悠貴は口説かれないと思うよ。それとこれとは別だって、割りきってるから」

郷里にいたころ、悠貴がつれないといって英実を巻きこもうとした人間がいないではなかった。そのたび、兄は印象をよくするどころか逆に、怒っていたくらいだ。

「違う、それは誤解。俺は悠貴さんにはそういう意味で興味ないよ。だいたい、いくら綺麗でも男だろう？」

「そうだけど。わりと拘らないって奴いるからさ」

「英実は？」

あまりにもさらりと言われて、「名前で呼ぶな」と言うのが一拍遅れてしまう。注意しようとすると、津曲の真剣な表情とぶつかって、今度は息を呑むはめになった。

こうまで整った顔というのは、たしかに財産だ。しみじみと実感させられる。間近にあると、とりこまれてしまいそうになる。

うっかりとまた見惚れてしまった英実は、自分の間抜けさが恥ずかしくて顔を逸《そ》らした。

「わかんないよ。男に惚《ほ》れたことなんかないし」

そもそも、あまり恋愛に興味がなかった。特に誰にも強く惹《ひ》かれたこともない。中学や高校時代、女の子に申しこまれたこともあった。英実に声をかけてくるのは大抵、年上ばかりだ。友達の姉と先輩、そんな関係の女の子たち。断りきれなくて二人とはつきあっていてそれなりに楽しかったが、一人は相手の卒業で、もう一人は英実の上京とで、どちらも自然消滅してしまっている。

相手も、あまり英実を男と意識できなかったらしい。そのようなことをそれとなくほのめかされている。身体を重ねたのは、「卒業の記念に」と言われた一人と、一度きりだ。

そのときに今一つ心がついていかなかったせいか、誉田のように積極的に恋人をつくろうと思えないままだった。

決して悪くない、懐《なつ》かしい記憶だけれど。

「これから可能性は？」

「知らないよ、そんなの。想像したこともない」

「悠貴さん、男にももてただろう。そういうのは平気なのか」

兄は兄、自分は自分だ。

「平気もなにも、悠貴がいいならそれでいい。苦労してるから幸せになってくれたらいいって、それだけ」

英実が言うと、弘明はふぅんと鼻を鳴らした。

「美しい兄弟愛だな」

「ブラコンってハッキリ言えば？」

もう、慣れた。自分たち兄弟の仲がよすぎると、一度ならず指摘されている。英実にとっては親代わりみたいなものだったと説明しても、今度は「親代わりにべったりじゃ、もっと不気味だ」と返される始末だ。

「羨ましいだけだよ。俺は兄弟がいないからね。年の近い従弟《いとこ》がいるから、こんなものかとは想像してたんだが」

「一人っ子なんだ？」

「うちは母が早くに死んでいてね。それ以来、親父は独身だ。まあ、俺の知らないところで子どもつくってるかもしれないけど、どうやらそれもなさそうでね。あと三人くらい兄弟がいてくれたら、ありがたかったかな」

ああ、まただ。

自信ありげで強引に人をふりまわすくせに、弘明はときどき、不思議な表情を浮かべる。それは複雑で、どこか淋しそうにさえ思えた。見ている英実のほうが切なくなるような。

ギャップがありすぎて、どうしていいかわからなくなってしまう。見ないふりをして、英実はただ足を速めた。

「ところで、明日からいつでも気軽に部室に寄ってくれていい。昼飯どきなら、有希江がなにかつくってるだろうから、飯代も浮くだろう」

いつもA定食じゃ身体保たないんじゃないのか。弘明が笑った。

「なんで知ってんですか」

「見かけるたびに、同じもの食べてるからさ。細いから小食なのかとも思ったんだけど、そうじゃなさそうだしなあ」

「食べなきゃ食べないで平気です」

「そう言うな。有希江の腕はいいぞ、あれで調理師の学校にも通ってたんだ」

「飯につられるつもりはないですよ」

「どっちにしろウチに入るなら、そう考えてるのが気が楽だろ」

「だから入るなんて言ってない」

「有希江に、ちゃんと断らなかっただろう。あれでもう、英実は部員ってことになってるよ。辞めるなら俺じゃなく、直接有希江に言ってくれ。部長はあいつだ」

「汚ったねー……」

「手段は選ばないんだ、悪いな」

ちっとも悪いと思っていない口ぶりで、弘明が言った。

部室マンションを出た英実の横を、弘明がのんびり歩いている。どうしてこうなるのか、英実は彼から逃れようとしているのに、ぐいぐい遠慮なく近づいてくるのだ。

たぶん、はっきり拒絶しない自分が悪い。ふりまわされているとか、悠貴と親しいからだとか、それも理由の一つではあるが、すべてではなかった。

英実が拒否できないよう上手くたちまわられている、というのもある。けれど最終的には、英実自身の態度が問題なのだろう。

（だってなあ）

家との関わりをなくせば、弘明個人に恨みはないし嫌いでもない。強引だがどうしても嫌なことを無理じいしてくるでもないし、彼単体で見て好きか嫌いかと問われたら、答えはまだだせない。

彼が英実を構ってくるのには裏がありそうだ。それはうっすら察している。なにごともなしに、自分に近づいてくるとは考えられなかった。それほど英実は特徴のある人間でもないし、利用できるような価値もない。

今のところ実害がない。構われるのも本心では嫌じゃない。——たぶん。

「津曲さん」

「弘明だって。英実も頑固だなあ」

「頑固で結構です。なんで俺にそう構うんですか」

「俺は、買いものをしに出ただけだよ。たまたま方向が同じだから一緒に歩いているだけだ」

「だったら部室一緒に出てこなくたっていいじゃないですか」

「それはタイミング。英実が買いものに行くって聞いて、そういえば俺も欲しいCDがあったんだよなあなんて思いだしただけ」

「さっき、本って言いませんでしたっけ」

「そうだった？　あぁ、そういえばロアルド・ダールの文庫が欲しかったんだ」

ものすごく、嘘くさいんですけど。

英実は俯《うつむ》き、足を急がせた。

サークルに入部した件は、英実が話すより先に悠貴に知られていた。

先手を打ってか弘明が悠貴に連絡してしまっていたらしい。おかげで、ただ連れこまれただけだとは言えなかった。

こういうとき、携帯電話を持っていないのが悔やまれるがいちいち会社に電話して報告するようなことでもないし、家に帰ってから相談しようと考えていたのだが、どうやら弘明と悠貴とは、英実が想像していたよりマメに連絡をとりあっているようだ。

（でも悠貴、複雑そうだったんだよなあ）

弘明と会えとか言っておいて、いざ英実が入部したとなったとたん、嬉しいのか悲しいのか、どうも微妙な表情を浮かべていた。

（津曲さんも、ときどきああいう顔するんだよなあ。ちょっとニュアンス違うけど）

一つだけわかっているのは、二人とも英実になにか隠している。それだけは、はっきりわかった。

「そこ、CDショップだけど。行かないの？」

弘明を嫌いじゃない。関わってしまったら、嫌いにはなれない。いちいち強引だし勝手なくせに、ふりまわされるのが嫌ではなくなっている。

「行くさ。英実もな」

「なんで俺？　俺は頼まれたもの買いに来ただけです。津曲さん、行ってくれば」

つきあえというなら断るぞと全身に滲《にじ》ませて答えると、弘明がにやりと笑って英実の腕をひく。

「先週のニュース番組で流れた曲、聴きたいって言ってただろ」

「あー……うん。でも曲名わかんなかったし、探しようがなくて」

「Procol Harum の A Whiter Shade of Pale。ベスト盤の一曲目に入ってた。調べたらすぐわかった。で、とりよせ頼んだら、今日とどいてるってよ」

「なんで⁈」

「なんでって、簡単だろ。番組のサイト見つけて、それらしいの探ったらわかった。運がよかったなあ、これでわからなきゃ局に電話するしかない」

そうじゃない。英実は首を振った。

「そうじゃなくて、なんで津曲さんが探してんですか」

「俺も聴いてみたかった、それだけ。無期限で貸すから、好きなだけ聴くといい。擦《す》りきれるまで持っててくれていいぞ」

「そういうのって、貸すって言わないんじゃないの」

「俺の気分の問題」

「いりません」

「英実が聴かないとひきとり手がない。うちで埃被《ほこりかぶ》ってるだけってのはもったいないんじゃないか」

「自分で注文したなら、自分で聴けばいいじゃないですか」

「ぐずぐず言わない」

英実の背中を押した弘明は、そのままレジに連れて行く。彼は注文したアルバムを受けとるとぽんと英実に押しつけて寄越した。

「だからこれは――」

「こんなところで揉めたらみっともないだろ?」

瞬間的には腹がたつのに、なんとなく、いつも丸めこまれてしまう。

たとえば、こんなふうに。

英実がその曲を探しているという話自体、弘明には伝えていない。有希江と他に何人かで音楽の話をしていて、ちらと言ったきりだ。結構古い曲が好きで、ラジオやテレビで流れていたものを探したりするとか、そんな話のついでで、曲名がわからないのだと話した。

どうして、憶えていたんだ。なんで、わざわざ探したりするんだろう。

「持っていたくないなら、一晩だけ預かってくれ。そのあとだったら俺がひきとるよ」

(まったく)

先を行く弘明のあとを追いながら、英実は小さく息をついた。

ものが嬉しいからじゃない。聴きたかったアルバムだが、どうしてもというなら英実自身が必死になって探しただろう。

こんなふうにされると、困る。嫌わなくてはいけない相手なのに、離れようとする気持ちに反して、どんどん近づいていってしまうのだ。

困ったな。戸惑って、英実は渡されたCDをぎゅっと掴んだ。

部室に戻って買った品を有希江に渡すと、お遣いの礼だといってシフォンケーキがだされた。有希江が言うには料理は工夫で菓子づくりは科学らしい。適当とか目分量ができないからという理由で有希江は後者があまり得意でなく、菓子の類《たぐい》はもっぱら気にいった店で購入している。

「ところで英実、バイト休みっていつだっけ。日曜は休めないの？」

「日曜ですか？　言えば休みくらいとれますけど」

有希江に問われて、英実は頭の中でシフト表を思いうかべた。日曜日は夜も暇だし、学生アルバイトが多いせいで希望すればわりあい簡単に休みがとれる。

「でもバイトはなるべく休みたくないんです。土日は特に、長い時間入れるし」

「その分損失補塡《ほてん》するから。日程の調整つけて、土曜の夜から月曜の朝までちょっと頼まれてくれないかなあ？」

妙に、有希江の声が甘い。こういうときは要注意だ。にわかに警戒を顕《あら》わにして、英実は「なんでですか」と訊ねた。

「ロケハンなのよー。遠いし、野宿しなきゃいけないから、私はパスしたいのね」

「ロケハンって、動画でもつくるんですか」

「自主制作映画よ。滝壺と人のいない河川敷とえーとあとはなんだったな。とにかくそのあたりを一緒くたに撮れる場所を探してほしいって言われていて、候補地は見つけられたんだけど、これが遠くてね」

「それで、俺に行ってこいと？」

行くのは構わない。

稼業のおかげで家族旅行など経験がないし、そもそも高校時代はすでに家の経済状態が厳しくてとても旅行なんてしていられる状態ではなかったが、旅行自体は嫌いじゃない。

ネックになるのは日程と、英実がロケハンなど経験がないので役にたてるかどうかというところだ。

「そうそう。他の連中にも頼んでみたんだけど、みんな面倒だから嫌だって言うのよう。アウトドア志向じゃないから野宿は御免だって」

男らしくないわね、と有希江がむくれた。

「あっ、でも待って。山奥ってことは、電車通ってないんじゃないですか」

「ローカル線が一応あるけど、そうね。車じゃないと厳しいかも」

「だったら駄目ですよ。俺、免許持ってないし」

「ないの？」

「ないです。うち貧乏だから教習所行けるような余裕なかったんで」

田舎に住んでいると車がないと不便なのはたしかで、大学に入ったら貯金して教習所に通おうかなどと暢気に構えていたのである。

だが免許を取ったところで車がなければ宝の持ちぐされで、この四年間はたぶん、免許があっても使うあてはない。

「うーん、まあ大丈夫でしょ。同行者をコキ使ってくれていいわ。私が許可しましょう」

「……は？」

同行者、とは。

「英実が行くんだったらつきあう、って、弘明が言ってるのよ。あんな顔して意外とサバイバル向きだから、安心して大丈夫じゃないかなあ」

「俺が行くより、津曲さんが一人で行ったほうが遙《はる》かに効率よさそうですけど」

ソツがなさそうだし、まるきりはじめての英実がついていったところで、足をひっぱるだけだろう。

だいたい、弘明と二人きりで一泊だか二泊なんて、とんでもない話だ。ただでさえ嫌いになれなくて困っているのに、これ以上深く知りあいたくない。

いい人じゃ、駄目なんだけどなあ。

強引なら強引らしく、偉そうにコキ使ってくれたら、もっと嫌いになれるのに。

「もちろん、真っ先に弘明に頼んだわよ。でも、あいつったら『一人で一泊してもつまらないから嫌だ』とか言って断りやがったのよ」

「だったら、他の人とか」

「女の子は駄目でしょ？　まさか弘明と二人きりになんてさせられなくて。男連中はみんなアウトドア嫌いでバツ。唯一残った希望が英実だけなの」

「希望と言われましてもですね」

「弘明が嫌い？」

嫌い、と言ってしまえばいいのに。

またしても英実は、嫌いと言えなかった。

＊　＊　＊

そして、こうなる。

家のまえまで迎えにきた弘明の車にひきずりこまれ、おたおたしているあいだに車は発車してしまう。

「悠貴さん、いなかったな」

「このところ土日はわりと留守がちですよ。彼女でもいるんじゃないのかな。俺にはぜんぜん教えてくれないけど」

二人きりの兄弟なのだから、恋人くらい紹介してくれたっていいじゃないか。秘密主義の悠貴を少しばかり恨んでみたりする。

「悠貴さんも、いろいろあるんだろ」

朝から不機嫌も顕わな英実とは対照的に、今にも鼻歌を歌いだしそうなほど、弘明は上機嫌だ。

やけに楽しげな様子でハンドルを操作している弘明を、英実は疑惑たっぷりの眼差しでじっと見つめた。

「なに？」

「津曲さんと悠貴、俺になにか隠してませんか」

「俺はなにも。聞きたいならプロフィールぜんぶ教えようか」

「結構です。俺が知りたいのは津曲さんの履歴書じゃなくて、悠貴が隠してることですから」

「おにーちゃんがそんなに気になる？」

「そりゃ――」

だって、普通じゃない。

今回の旅行だって、悠貴が反対してくれたらそれで終わったのに。弘明と出かけると言った英実に、悠貴は困惑した表情を浮かべ、けれどとうとう「反対」とは言わなかった。しかも、昨晩から悠貴はいない。出かけてくると言ったきり、戻ってこないままだ。

もともと弘明に頼れとか言っていたのは悠貴だし、だから反対しない理由はわかる。けれど、だったらもっと普通にしていればいいのにと、つい勘ぐってしまいたくなる。

核の部分を握っているのは、きっと弘明だ。詳細《しょうさい》などまったく想像もできないが、それだけは確信めいて思っている。

「津曲さんと悠貴って、仲いいんですよね？」

「悪くはないかな」

弘明の含みのある言いかたに、さらに困惑は深まった。

祖母の話と、悠貴の態度と、英実自身の感情と。三つが絡まりあってしまって、ほどく糸口が見つからない。

旅館に帰りたい帰りたいと言っていた祖母の気持ちを、せめて英実だけでも忘れてはいけないと思うのに、ともすればふっと忘れてしまいそうになる。弘明をいい人かもしれないなどと考えてしまうこと自体、祖母に対する裏切りではないかと思えるのだ。

それに加えて、悠貴の不審な態度もある。最初のうちは弘明と親しくなってほしいような言動を見せていたのに、幸か不幸か英実が彼と関わりあうようになったとたん、どこか困ったような表情を浮かべることが増えた。

謎といえば、弘明もだ。こうも英実に近づいてこようとする彼の思惑が、相変わらずわからない。少なくともメリットなどなにもないのだし、悠貴に頼まれたからという話も、こうなってては微妙に怪しい気がしてしまうのだ。

「わっかんないなぁ」

つい、ため息が零れる。

「悠貴さんは悠貴さん、英実は英実だろ。おにーちゃんがもし俺と仲悪かったら嫌なのか」

笑いまじりで言われて、英実はますますふてくされた。

「そういう意味じゃないよ。だいたい、悠貴と津曲さんが険悪だったら俺が津曲さんと知りあうことなんてあり得ないじゃないですか」

　悠貴の仲介で、話すようになったのに。

「そうでもないよ？　いろいろ、人間ってのは複雑だろう」

「俺は単純だから、そういうぐちゃぐちゃしたのは苦手なんです」

「単純っていうより、素直なんじゃないのか」

「言いかた変えても一緒ですよそれ」

「違うって。お祖母さんの言葉、一生懸命守ろうとしてるんだって？　そういうのは素直な子だって言うんじゃないのか」

　それは違う。

　だって、こんなに揺れている。祖母の言葉だけを信じていられたら、少なくとも弘明と話すことさえ、断固拒否していたはずだ。それなのに、誰よりも英実自身が弘明がいい人なのだと信じたがっている。悠貴になにを言われたって、たとえばサークルの件にしても、どうしても嫌なら拒否してしまえばよかったのだ。

　誉田の話ではないが、どこか適当なところに入ってしまえば、それですんでいた。

「祖母ちゃんの話、悠貴から聞いたんですか」

　他に漏《も》らす人間などいないが、いったいどこまで話をされていることやら。

「悠貴さんの自慢の弟だからね。会うまえからたくさん話は聞いてる。悠貴さんの話はほとんど、君のことばっかりだった」

「そりゃどうも。実際に見て失望したんじゃない」

「まさか。想像してたとおりだったよ。いや、それ以上かな」

「津曲さんて――」

変、とはさすがに言えなくて、英実はいったん言葉を切った。

「変わってるよね」

「よく言われる」

……だろうな。

途中のインターで一度休憩をとって、あとはひたすら道を進める。かなり長距離のドライブになるらしく、朝早い時間に家を出たのに、目的地に着くのは夕方になるそうだ。

信号で車が停まると、弘明は肩でも凝《こ》っているのかぐるりと頭をまわしたり、腕を動かしたりしている。

やはり、誰か運転できる人を同行させたほうがよかったのではないか。体力も神経も使うから、相当疲れているに違いない。

「ごめんなさい」

「なにが？」

コンビニが見えたのでいったん車を停めてもらい、英実は缶コーヒーを買って戻った。一本渡しながら謝ると、弘明が不思議そうに眉をあげてみせる。

「俺、運転できなくて代われないから」

「そんなことか。大丈夫だよ、昨夜はちゃんと寝ておいたんだ。事故でも起こして君になにかあったら悠貴さんに殺される」

「そうじゃなくて、……あぁもう」

事故とかなんとか、そんな心配をしてるんじゃない。

英実は飲みかけた缶をホルダーに入れると、腕を伸ばしてぐいっと弘明の肩を掴んだ。

「やっぱり、すっごい肩凝ってるじゃないですかっ」

「それはもともと。視力悪いからだよ。――痛ッ」

ぎゅう、っと英実が手に力をこめると、弘明は顔を顰めて悲鳴をあげた。

「がっちがちですよ。少し休みましょう」

「ご休憩ならもうちょっと先にラブホがあるよ」

殴られたいか。だからそうじゃなくてだな。

「茶化さないでください」

「本気なんだけどなあ。風呂もあるし、ベッドもある」

言って、弘明が英実の腕をとらえた。肩を掴んだままだった手首を逆にひき寄せられ、英実の身体がはずみで弘明のほうへ傾ぐ。

「うわ……っ」

「どう？」

「ど、どうって。どうってなにがっ！」

端整な弘明の顔が、息がかかるほど間近にあった。睫毛《まつげ》長いんだなんてうっかり感心しそうになり、英実は慌てて手を振りほどこうともがく。けれど狭い車の中では暴れるにしても限界があって、下手に動けばさらに身体が密着するばかりだった。

耳朶《じだ》を軽く食《は》まれ、英実の身体がびくんと跳ねあがった。続いて、ぬるりとした感触が耳の形をなぞるように動く。

ぞくぞく、と背筋が慄《ふる》える。

「――――！」

なかば涙目になって、英実は悲鳴をあげた。

「ごめん、ちょっと悪ふざけがすぎたか」

掴まれていた腕が解放され、身体が戻された。英実はナビシートの背もたれに体重を預け、興奮して荒くなった呼吸を抑えようと大きく深呼吸をする。

「これくらいで泣くとは思ってなかった。ごめん、ホント悪かったたって」

「泣いてない」

びっくりしただけだ。女の子ならともかく、なんだって男にあんな悪ふざけをされなきゃならない。

潤《うる》んだ瞳を隠そうと瞬きをすると、弘明の指が眦《めじり》をなでる。彼は掬《すく》いとった雫《しずく》をちろりと舐《な》めて、「しょっぱい」と言って笑った。

「そういうこと、すんなっ」

英実はカッと顔を赤らめて、弘明の舐めた指を叩きおとした。

「あんまり可愛かったから、つい」

「俺を揶揄《からか》って楽しい？」

「揶揄ってないよ」

にやにやしながら言われても、欠片《かけら》も真実味を感じられなかった。

車を降りて、一人で行こうか。英実はそんな衝動にかられた。現在地がわからないとか、最寄り駅までの足がないとか、そんなことはどうでもいい。とにかく弘明と一緒にはいたくない。

「これ以上ふざけたりしないから、降りるなんて言うなよ」

機先《きせん》を制するように、弘明がぽつりと言った。

「嬉しかったんで、ふざけすぎた。ごめんな」

「……なにが」

黙っていればいいのに、弘明の声があまりにも真摯《しんし》で、つい答えてしまう。

「英実が、俺の肩なんか気にしてくれたから」

「それくらいあたりまえです」

運転を人任せにして暢気に助手席に座っているだけなのだし、ドライバーの体調を気遣うくらい当然だ。

「その『あたりまえ』がままならないのが、世の中ってものなんだなこれが」

悟ったような言葉に、たいして年齢違わないくせにと英実は呆れた。

（あぁでも、この人って二年遅れて入学してるんだっけ。四歳離れてるとすると、結構違うのか）

学生の四年違いは大きい。それこそ、一年の英実にとっては最上級生はまるきりおとなに見えてしまうくらいだ。まして大学にはそれぞれの事情でもっと年上の学生も多いから、下と上とでは世界が違うような気にさえさせられる。

弘明のいう世の中とやらは、もしかして英実が見ているそれとは違うのだろうか。

（……まあ、いいけどさ）

この程度で嬉しがるなんて、いったい普段どんな相手とつきあってるんだよ。趣味悪いぞなどと、よけいなことまで考えてしまった。

薄く笑んで人を揶揄ったり、のらりくらりと掴みどころがなかったり。そんな場面ばかり目にしているせいで、ふと真剣な態度など見せられると、さっきまで腸《はらわた》が煮えくりかえるほど怒っていたのがどこかへ霧散《むさん》してしまう。

気持ち悪いといって、殴れるようならいっそ楽だった。けれど弘明の仕掛けた悪戯に、感じたのは鈍《にぶ》い快感だった。その自覚があるからこそ、英実は混乱した。

男に触られて気持ちいいなんて、頭どうかしてるよ。

不可解な自分自身に、何より腹をたてていたのだ。

「肩凝りは持病みたいなものでね、もう慣れてるから本当に気にしなくていいんだ」

「偏頭痛しないの。うちの母親、しょっちゅう頭が痛いって言ってたけど」

「根《こん》詰めた作業してるとときどき、かな。我慢できなくなれば薬で散らすか、鍼《はり》打ってもらってるけどな。まあ、そんなには」

英実がおとなしくなると、「シートベルト締めて」と指示がくる。反射的に従ってしまうと、再びなめらかに車が動きはじめた。

正面を向いた弘明の静かな横顔を、英実はこっそりと窺《うかが》った。彼も視線に気づいているらしいが、今度はなにも言わない。

ただ、「姿勢に気をつけたりはしてる」と、先ほどの話の続きを告げただけだ。

「身長がこれだと、どうしても猫背になりがちだろう。おかげで机だの椅子だのを選ぶのも大変だ」

「そういえば、津曲さんていつもぴしっと背を伸ばしてますよね」

「そうしてないと、みっともないから」

でかいのが猫背でうろうろしてると鬱陶しい。よく遊びに来る従弟に、以前そう言われたのだと弘明は笑った。

「イトコって女の子ですか」

「いや、ナマイキな男だけど、どうして？」

「女の子だったら、可愛いんだろうなって思っただけです」

本当は、身近にこんな男がいたら、他の男になかなか目がいかなくて大変だろうなと思っていた。けれど当人のまえで容姿を褒めるのははばかられる。まして、さっきのような悪戯のあとだ。

「よく言われるよ。妹はいないかとか、親戚はどうだとか」

「……でしょうね」

それにしても、弘明はあっさりと自分の容姿がいいことを認めてくる。そりゃあこの顔で「たいしたことない」なんて言われたら単に嫌みなだけだが、もう少し普通は謙遜《けんそん》するものじゃないだろうか。

「津曲さんて、自信家だって言われませんか」

有希江にもそう言われていたな。英実は口にしてから思いだした。

「目に見えるところだけなら、わかりやすいだろ」

「は？」

緩いカーブにあわせてハンドルをきりながら、弘明は短く笑った。

「顔とか身長とか。そうだな、試験の成績でも。はっきりわかる部分なら、謙遜してもしかたないだろ」

「そういうものですか」

はっきりわかる部分とやらに自信のない英実には、ぴんとこない話だ。

「うん。見えない部分を隠せるからな」

見えない部分というのは、内面のことだろうか。英実から見れば、充分内面にも自信がありそうに思えるのだけれど。

（津曲さんて、やっぱりよくわかんないや）

胸がもやもやとしているのが、自分自身で不可解だ。弘明がどういう人間で、なにを考えているようと、英実には関係ないはずだったのに。

知りたい、なんて。

少しでも考えてしまうのが、どうかしているんじゃないのかと自嘲《じちょう》する。

きっと、変な悪戯をされたせいだ。動揺してそのまま、ひきずられているのに違いない。英実は、自分自身にそう言いきかせた。

駐車場に車を停め、そこからは延々と山道を歩く。体力だけは人並みにあるから、ただ歩くだけならたいした苦労ではないはずだった。

ここはとんでもない山奥で、道があるのが不思議なほどだ。

「きっつー………」

息が切れるのは、道がでこぼこと歩きづらいせいだ。空気が湿っているせいか路面はそこかしこがぬかるんでいて、スニーカーの底はたちまち泥まみれになった。石に乗りあげては、足をとられて滑りそうになる。

荷物がろくにないのが幸いだろう。ベルトにつけたウェストポーチに、タオルとデジカメ、悠貴に持たされた携帯電話を入れてあるだけで、両手は空いている。

カーキ色のポーチは、英実のものじゃない。バッグなんて抱えてたら大変だぞと言って、弘明が渡してくれたものだ。見かけによらずアウトドア志向だと有希江が言っていたのも、あながち冗談ではなかったようだ。

いらないと断りかけて、こんなところで意地を張ってどうするとおとなしく借りたのだが、それは正解だった。さっきから何度も転びかけ、地面や樹木に手をついている。

傷薬だの救急キットだの大判のタオルだの、弘明は呆れるほど用意周到だった。そんなものまで必要なのかと英実が言うと「これは俺が持っていくから」と、肩を竦めただけだ。

　別に、重さを気にしたわけじゃないのに。重いのが嫌だと思われたら癪《しゃく》で、自分が持つと言いはってはみたが、英実はリュックを持っていないだろうと一言の元に却下されてしまっていた。

「ほんっとに、ここであってるんですか」

　一言言うのにも、ぜいぜいと呼吸が荒くなる。

「正解だよ、うちの廃墟研究会の連中特製の地図だからな」

「はいきょけんきゅーかい？」

　なんだそりゃ。

「廃校廃村、そういうの。とにかく捨てられた場所ってのばっかりを巡ってる変な連中がいるんだ」

　それはまた、変わった趣味で。

「ところで、素朴な疑問なんですけど。これもこのサークルの仕事なんですか？」

　商売になりそうなことを探してとか言っていたけれど、こんなものがいったい、どんな商売になるんだろう。映画のロケ地候補を集めて、売ったりしたり紹介でもするのだろうか。

「まさか」

　弘明は、英実の疑問を一笑に付した。

「違うの?!」

「これは、有希江の男に頼まれただけだ。だから、他の連中もやる気ないんだろ」

好きこのんで他の男に奉仕するやつなんかいないだろうと言われて、まあ尤《もっと》もな話だと納得はした。

「じゃあ、なんで俺が」

こんなところで山歩きなんかしなくちゃならないんだ。

「英実は事情知らないからなあ。有希江に上手く丸めこまれたんだよ」

「知ってたら、教えてくれたっていいじゃないですかっ」

「俺はその場にいなかった」

弘明は英実と対照的に、いたって普通の声で話す。大股でゆったりと登っていく姿が、不覚にも逞しくさえ見えてしまって腹立たしさは倍増だ。

「そうですけどっ」

「有希江の邪魔すると、あいつおっかないしなあ」

弘明と有希江は、特別親しげに見えた。味覚の好みまで知っているし、お互いがお互いのことを話すとき、独特の親しげなニュアンスがほのめかされる。

有希江のオトコなんて言っていたから、つきあってはいないようだが、サークルの中でも、有希江と弘明とは頻繁にセットで扱われていたりする。

美男美女のカップル、とでもいうのだろうか。二人並んでいる様子は、双方とも華やかなだけに、それが倍増されていた。

たとえば英実と有希江が並んでみても、せいぜい姉弟にしか見えないだろう。弘明と英実が並んだとしたら——と考えて、英実はぷるぷると首を振った。

(男と並んでどうだっていうんだ)

まったく、毒されてしまっているらしい。弘明に触られた場所から、あやしげな毒に浸食されてでもいるのだろうか。

「目的地、一つめ発見だ」

弘明が止まって指をさしたのに、英実は小走りに彼の横へ行って指先の方角を眺める。

「……あれが、滝壺……?」

「滝壺だねえ」

呆然。眼下遙かな下に、たしかに滝壺らしきものが見える。けれどいったいどうしたら、あんな下まで降りてゆけるのだろう。

「たいしたもんだな、こんな場所見つけるとは」

「感心してる場合じゃないですよ。どうやって降りるんです」

足を滑らせでもしたらまっさかさまだ。岩と樹木にぶつかれば、悪くしたら大怪我どころですみそうにない。

「道はあるようだ。迂回路《うかいろ》になるけど、コケて怪我するよりはマシだろう」

「……そーですか」

山道をハイキングする程度だと甘く考えていたのだが、どう考えてもこれは『トレッキング』というのじゃなかろうか。

軽装の自分に、英実は冷や汗を流した。

「無理そうなら、ここで待っててくれたらいい。写真撮ったらすぐにあがってくるから」

「行きますよ」

置いていかれてなるものか。怖がっているなんて思われるのは心外だ。

「じゃあ、足元に気をつけて。滑るだろうから、念のためにいったん、靴底を拭《ぬぐ》っておくといい」

「慣れてるんですね」

「普段、有希江にふり回されているからな。こんなことしょっちゅうだ」

いつもならそれでも一人で来るのだが、今回は場所が遠すぎる。一泊するのに一人じゃつまらない。同行者がいないなら嫌だと断ったのだと、弘明が楽しげに言った。

「英実がいてくれてよかった」

ろくに話などしていない。それどころか、車中では喧嘩《けんか》さえしたのに、こんな非友好的な態度でも、誰もいないよりましだと言うのだろうか。

たしかに他に声はなく、遠い鳥の鳴き声や木々のざわめきが聞こえるばかり。静かすぎて怖いくらいだけれど。

「ところで、まさかとは思いますけど。この山の中で野宿するんですか？」

有希江の言葉を思いだし、英実は顔をひき攣らせて言った。

「英実にそんなことさせられないよ。安心していい、ちゃんと麓《ふもと》に宿を取ってある」

よかった。安堵《あんど》して、それからふと疑問が浮かぶ。

「これ、有希江さんの個人的なものだって言いましたよね。交通費とかは誰がだしてるんですか」

「有希江から預かってるよ。ガス代と、その他諸々《もろもろ》。それに英実の休んだバイトの時給分もね」

「バイト代なんて気にしなくていいのに」

「バイト休ませたって気にしていたから、ちゃんともらっとけ。どうせ、あいつの財布からでてるわけじゃないんだ。あぁ、それにロケハン自体は仕事じゃないが、お礼にってメシ代が別にでてるから贅沢《ぜいたく》できるぞ」

「俺はついてきただけですから、津曲さんがもらったらいいじゃないですか」

自分一人でどうにかなると考えていたのは、とんでもなく浅はかだった。もし一人でひき受けていたら、ここまでたどり着けたかどうかさえ定かではない。

冷静に判断して、英実は弘明のお荷物だ。どうせ同行者を選ぶなら、もっと山に慣れた誰かを捜したほうがずっと楽で、楽しかったのではないのか。

「俺は今回、オマケなんだよ。英実が頼まれたのを、のこのこ保護者面してついてきただけ」

「そんなこと、ないですよ。俺がなにもしてないの、津曲さんがいちばん知ってるじゃないですか」

自分だけアルバイト料を補填してもらうのは、どうも気がひける。弘明もなにがしかの謝礼を受けとるのならともかく、英実だけなんて絶対駄目だ。

労働報酬というなら、弘明が九割英実が一割に分配しても、英実の分は多すぎる。

「まだ『津曲』なの？　誰もいないんだし、弘明って呼ぶ気にならない？」

「なりません。すぐそうやって話ごまかさないでください」

「ごまかしてないよ、ずっとそう思ってるだけだ。本気で嫌なんで、できれば努力くらいしてもらえるとありがたいな」

「俺が傍にいなかったら、名字で呼ばれなくてすむんじゃないですか」

「それは却下。英実の声で呼んでもらえないくらいなら、名字で我慢するさ。さぁ、暗くなるまえに滝壺巡りを片づけよう」

この話はこれで終わり。言葉でなく態度で示して、弘明は英実に背を向けた。中断された不満はあるが、遅くなるとまずいのは本当だ。

アルバイト料の件は有希江に直接交渉したほうが早いだろう。ここで弘明に言ってもどうにもならない。そう決めて、英実は弘明のあとを慎重に追った。

迂回路とはいえ、急な下りには変わりない。もはや道とも言いがたいような、単なる細い筋のような場所を、木々をぬうようにして降りていく。

「滑らないように気をつけて」

「気をつけてはいますけど……、とっ」

言われた傍から石に躓《つまず》き、横の樹木にしがみつく。心臓が縮みあがりそうなほど緊張していて、ちっとも先に進まない。

「やっぱり、手を繋ごうか」

ふり向いた弘明が、にやにやと笑いながら手を伸ばしてくるのに、英実はむっと口を尖らせた。

「平気ですッ」

亀のような歩みながら、どうにか目的地が見えてきた。あと、ほんの少しだ。英実は弘明の手を払って、彼を追いこそうとざくざくと歩きはじめた。

「待て、そんなに急いじゃ危ない」

「もうすぐだから平気です」

弘明の足どりはしっかりとしていて、まるでアスファルトの上を歩いているようによどみがない。すぐに追いついた彼の歩みに自分との差を思いしらされ、英実はふたたび彼を抜こうと足を速めた。

一瞬の油断だった。すぐ目の前に滝壺が見える。あぁやっとついたんだと安心した瞬間、気が抜けて、ずる、と足が滑った。

「うわ――――……ッ」

どうやら苔《こけ》の上にでも乗りあげてしまったらしい。傾斜のついた地面で身体を大きく傾かせ、英実は悲鳴をあげた。

「英実っ」

叫び声と、強い衝撃。身体が倒れたようだ。焦ったあまり、英実はどこかに掴まろうと手をばたつかせた。指先がなにかにぶつかって、かしゃんと音がする。

ずるずると倒れたまま滑りおちていき、ようやく身体が止まる。

ぐっ、と息が詰まるのは、腹部をしっかりと抱きとめられているせいだ。それがわかったのは、耳元に荒い呼吸が聞こえたのに気づいたからだった。

「びっくりさせるな」

はあ、と、弘明が大きく息を吐いた。まるで彼自身が滑りおちそうになったかのように、顔色が悪い。

そういえば、地面に投げだされたのに倒れた衝撃以外はどこも痛くはない。とっさに英実を庇《かば》った弘明が、しっかりと抱きこんでくれたためらしい。

「すみません！」

慌てて起きあがり、英実は弘明をふり返った。そうして、ぎょっと目を見開く。

彼の端整な顔に、ざっくりと派手な傷が残っている。どうやら、石かなにかで擦《こす》ったらしい。

「津曲さん、傷……！」

「あぁ、どこも怪我はないみたいだな、よかった」

「俺じゃなくて、だから津曲さんが」

「平気だって。眼鏡は……っと、駄目か」

英実の指先に触れたのは、弘明の眼鏡だったようだ。飛ばした挙げ句に英実が踏んで割ってしまったらしく、眼鏡は見事にひしゃげている。レンズなどしっかりヒビが入っていて、とても使用には耐えられそうになかった。

「本当に、すみません」

どうしよう、どうしたらいい。おろおろと狼狽《うろた》える英実に、弘明が肩を竦めて笑ってみせた。

「車の中にスペアがあるよ。一度、ラッシュの電車で割られたことがあってね。それ以来、持って歩いてるんだ」

帰るくらいなら、多少景色がぼやけていても大丈夫。英実を安心させようとしてか、弘明はぽんぽんと英実の髪を叩きながら言った。

「眼鏡も、ですけど。傷が」

「これか？　たいしたことないだろ、こんなかすり傷。舐めときゃ治る」

「でも――」

浅いのはたしかだろう。けれど傷は広範囲に広がっていて、うっすらと血の滲んだ擦過傷《さっかしょう》は、見ているだけで痛々しい。

「英実の顔じゃなきゃいいさ。……なに、責任感じた？」

顔を顰めた英実に、弘明が面白げな口調で言った。

「……はい」

素直に頷くしかない。これは、彼が自分を庇ってできた傷なのだ。

「舐めるって、自分の頬っぺたなんてどうやって舐めるんですか」

あまりにも弘明が軽く言うので、英実は冗談を言ってる場合じゃないだろうと声を尖らせる。

「だったら、舐めて。英実が舐めてくれたらもっと早く治りそうな気がするんだけどな」

「ばっ――――！」

なにをこんなときにまでふざけて。英実はそう言いかえそうとして、目にした傷跡に言葉を呑みこんでしまった。

足を滑らせた恐怖と、助かった安堵と。自分の無謀な行動で弘明に怪我を負わせてしまったことで、英実の気分はひどく高ぶっていた。

きっと、おかしくなってるんだ。心臓が、飛びだしそうなくらい激しく動悸している。

和《なご》やかな眼差しに吸いよせられるように、英実は弘明に顔を近づける。

そっと這《は》わせた舌に、僅かな鉄の味が混じった。


幸いにも足は無事で、二人して今度は注意深く滝壺へと近づいた。無事だったデジカメで数枚、角度を変えて写真を撮り、元来た道をのろのろと登っていく。下るよりは、登るほうが少しは楽だ。

「ホントにアウトドア好きなんですね」

「うん。意外？」

「失礼ですけど、もの凄く意外です」

正直に言うと、弘明が声をあげて笑った。

「子どものころから、よく山歩きしてたんだ。実は、カメラマンになりたくてね。今でも景色を見るのが好きで、山に入ったり、夜中に車飛ばしてあちこち見てまわったりするよ」

「ふーん」

カメラマン、かあ。弁護士とはずいぶん違う職種だ。どうして諦めてしまったんだろう。やっぱり、家業を継がなければという責任感だろうか。

「明日まわる川縁《かわべり》のほうも、すごく綺麗らしいぞ。昼間なら足くらい浸《つ》けられるかもな」

眼鏡のない弘明の素顔は、なんだか少し柔らかかった。けれど痛々しい傷が目に入るたび、罪悪感でちくちくと胸が痛くなる。

「まだ寒いのに、風邪ひきますよ」

「身体弱い?」

「ぜんぜん。中学以来、熱もだしてません」

「だったら構わないだろ。人気のないところでぼんやりするのも、ホッとしていいよ」

なにもかも簡単に手に入れてしまっているような弘明でも、息が詰まることがあるんだろうか。暢気な英実にはうかがい知れないプレッシャーがあるのかもしれない。

「そうですね、水遊びかぁ」

「めずらしい。怒らないんだな」

軽口を叩かれても、英実は頷いただけだった。そんな気力がない、それが一つ。もう一つは、今日一日でいろんな弘明の姿を見せられてしまって、どう対処していいのかわからなくなっているからだ。

(――だって)

以前から、恰好いい男だとはわかっていた。けれど今までなら、彼を見てもこんなに気持ちがざわざわとしなかったのに。

やっぱり、どうかしてる。

ロケーションと、怖かったせいで、必要以上に弘明が頼もしく見えているだけかもしれない。きっとそうなんだ、と、英実はそう結論づけた。

＊　＊　＊

民宿に着くなり泥にまみれた衣服を洗い、疲れきった身体を交代で風呂に入って温める。食事を摂るともう駄目で、横になるが早いか熟睡してしまった。

もそりと起きあがり、まだ半身を布団の中に入れたままぼうっとしている英実に、くすくすと笑う声がとどいた。

「そろそろ朝飯だよ」

「そーですか……」

眠い。おまけに足が棒のように重かった。目を擦って眠気を払うと、英実はどうにか布団から抜けだした。

すでに着替えまですませ、さっぱりした恰好の弘明と比べて、英実は寝癖のついた髪に寝乱れた浴衣《ゆかた》のままというていたらくだ。恥ずかしくてあまり彼を見ないように部屋から出て、冷たい水で顔を洗った。

「おはよう、ございます」

俺って、もしかしなくてももの凄くみっともない。

髪だけはどうにか撫《な》でつけたものの、皺《しわ》になった浴衣はどうしようもない。

「洋服、もう乾いてましたか」

「ああ、もう少しかな。着替えは持ってこなかったんだっけ」

「泊まるとは聞いてたんですけど、昨日と同じ服でいいかと思って」

下着の替え以外、持ってきていなかった。

「俺のでよければ、トレーナーくらい貸すよ。下はないから、湿ったジーンズで我慢しなくちゃならないけどな」

「少しくらい湿ってても平気ですから」

借りるなんてとんでもないと断ったが、弘明は自分のボストンからトレーナーをひっぱりだすと、英実に向かって投げた。

「いいから、着れば？　どうせ持って帰るだけだ」

「用意いいですよね」

「天気が変わりやすいからな、一応。どうせ車なら、荷物が増えたって困るわけじゃないし」

実はどこかに耳のない猫型ロボットでも隠れていて、ポケットからこっそり荷物をだしてでもいるんじゃなかろうか。

必要なものが必要なときにだされる。至れり尽くせりっていうのは、こんな様子を言うのだろう。

もし――。もし自分が女だったら、弘明のような男にこんなにされたら、くらくらになっちゃうだろうなと、英実はもそもそとトレーナーに着替えながら思った。

「……なに見てんですか」

「英実のナマアシ。綺麗なもんだなと思って」

じっと注がれる視線に不審な顔を向ければ、ふざけた言葉が返される。脱いだ浴衣を投げつけても、弘明は笑うばかりだ。

「男の脚なんか見て、なにが楽しいんだっ」

「楽しいよ？　まっすぐで白くて綺麗だ」

「…………」

真顔で言うな、真顔で！

顔を真っ赤にしながら、英実は胸中で喚《わめ》いていた。

前日のアクシデントのせいで、朝から慌《あわ》ただしい。食事を摂るとすぐチェックアウトして車に乗りこみ、山だ崖だ森だと指定された場所の写真を撮ってまわった。

弘明が終始楽しげな様子なので、英実もつい、自分ばかり不機嫌を晒《さら》しているのは気がひけてくる。

（怪我させちゃったんだし、今日くらいはおとなしくしていよう）

そう決めて仏頂面をひっこめると、気づけばすっかり楽しんでしまっていた。

時折、弘明の頬の擦《す》り傷が目に止まる。意識するなと思ってもそこばかりに目がいってしまい、そのたびに気持ちが苦しくなった。

「英実、そんなに気になるなら絆創膏《ばんそうこう》でも貼っておこうか」

「傷は晒したほうが治りが早いです。それに、テープでかぶれたら大変だし」

どうでもいいような自分の顔ならともかく、と英実が言うと、「俺の顔だってどうでもいい」と弘明はこともなげに言う。

「うちの大学の女の子とか、悲鳴あげますよ」

「そんなものあげられてもな。俺の顔だし。本人が気にしてないんだからいいんじゃないの。傷は男の勲章《くんしょう》だって言うだろ」

「擦り傷が、ですか」

「名誉の負傷のほうがいいか？　英実に怪我させずにすんだなら、このくらいたいしたもんじゃないよ」

「俺の顔がどうかなっても、誰も困りませんよ」

「俺が困る。有希江に『なにやってたんだ』って怒鳴られるしな。悠貴さんにだって、どやされるだけじゃすみそうにないだろう?」

そう、か。

弘明が困ると断言されたとき、ほんの少しだけ胸騒ぎがした。とくんと心臓が跳ねあがったのだ。すぐに続けて有希江の名前がでたことにホッとしながらも、どこか残念に思う自分がいる。

――よけいなことは考えないようにしよう。

自分の気持ちの奥深くまで探っていったらろくでもない結論がでてしまいそうで、英実は敢《あ》えて目を逸らすことにした。

昼食を摂ったあと河川敷に降り、岩陰だの急流だのでカメラを使う。あとは帰るだけなので、ついでにとばかりに関係のない場所まで撮影した。メモリはまだ残っているし、撮っておきたいような光景がたくさんあったからだ。

陽光を反射する水面だとか、泳ぐ魚の姿だとか。奇妙な形の石も、面白いとか綺麗だとか思うとつい、カメラを向けてしまいたくなる。

「撮ってやろうか」

「カメラくらい俺でも使えます」

実のところデジタルカメラを持っていなかった英実は、これを借りる際に一通り覚えさせられたのだけれど。

「そうじゃなくて、英実のさ。せっかく旅行したのに、写真くらい欲しくない？」

「自分の写真みて喜ぶ趣味ないですよ」

「記念だろ？　こういうのって」

「友達と修学旅行とかでふざけて撮ったけど、結局、現像もしないでそのまんまでしたよ」

こういうのは、撮るのが楽しいのだ。しあがりはわりと、どうでもいい。

そういえば、津曲さんはカメラマンになりたかったって言ってたっけ。

手元のデジタルカメラを眺めて、昨日聞いた話を思いだした。

他になにもしなかったからと撮影役をひき受けたのだが、弘明に任せたほうがよかったんじゃないだろうか。

「津曲さん、代わりますか」

これ、と言ってカメラを振ると、「英実を撮らせてくれるなら」とふざけた答えが返ってくる。

「そういう意味じゃなくてっ」

「わかってる、ありがとう。でも今回はドライバーとナビしに来ただけだから、気にしなくていいよ。撮りたかったら自分のカメラ使うしな」

「持ってきてるんですか？」

「いや。撮りたくなりそうだったから、置いてきた」

「……は？」

言葉を掴みかねて、英実は首を傾げた。

「夢中になると、あちこち入りこんじゃうんだよ。おかげで、道に迷うのが得意になった。一人ならともかく、英実をつきあわせるわけにいかないだろ。俺といると、それこそ野宿するはめになりかねない」

「それで、山道とか得意になったんですか」

「ご名答。最初のうちは、森から出られなくてうろうろしたりな。ガキのころに一度酷《ひど》い目に遭って懲《こ》りてから、準備周到になったってところだ」

「ふーん……」

この人にも、そんな無謀なところがあったのか。意外な一面に、思わずじいっと弘明を見つめてしまいそうになる。

弘明の長い前髪が、風に煽《あお》られてふわりと揺れる。鬱陶しそうに髪を掻《か》きあげる、長くてまっすぐな指。

いちいち注視している自分が照れくさくて、英実は慌てて彼から背を向けた。

「ところで自主制作映画って、どんな内容なんですか」

川だの崖だの滝壺だの、なにを撮りたいんだかさっぱりわからない。少なくとも、ラブロマンスではなさそうだ。

英実が訊ねると、弘明は顔を顰めて嘆息する。

「今回のは知らないが、どうせまた連続殺人事件、犯人はバケモノって類じゃないか」

「バケモノって？」

「あいつら、コッポラだのフェリーニが好きだってわりには、撮るのはいつもそんなものばっかりなんだよ」

「どっちも知らないけど、とんでもないってことはよくわかった」

監督を意識して映画を観たこともないし、そもそも映画館に行くこと自体が稀《まれ》だった。せいぜい話題作を借りたりテレビで放映しているのを観る程度だ。

「観るかって誘われたら、丁重にお断りするのを勧めるよ」

「そうします」

ホラーとかサスペンスとかって、嫌いじゃないけど。こんなに嫌そうな顔をするところを見ると、よっぽど凄いのかもしれない。

答えながら、英実はずり下がるトレーナーの襟《えり》を元に戻した。

川に棒を刺して深さを調べる。そんな作業のあいだにも、何度もそれをくり返した。

弘明に借りた服はただでさえサイズが大きい上、襟ぐりがボートネックなものだから、油断するとすぐ肩まではみ出しそうになる。五月の川縁はさすがに涼しくて、剥《む》きだしの肩に冷気が触れるたび、たてつづけに何度かくしゃみをするはめになった。

「見てるほうが寒そうだ」

英実の肩にジャケットがかかる。

「寒くないですよ」

ほのかに体温の残る麻の生地に、鼓動が速まる
「女の子じゃないから、こんなにしてくれなくていいのに」

「女の子にはここまでしないさ。放っておいても寄ってくるし、誤解されると困るからな」

「あっそう」

男になら誤解されてもいいのかよと言いかけて、英実は言葉を濁《にご》した。

普通は、男に親切にされても誤解なんかしないだろう。そう思いなおしたからだ。誤解などと口にだしてしまえば、英実がそんな気分でいるのを知られてしまう。

「それに、そんな細い肩見せられると、襲いたくなって困る」

英実の混乱する感情を知ってか知らずか、弘明は軽口を叩いた。

「どうせ細っこいですよ。うちはみんなこうなんだから、しょうがないの」

悠貴にしろ英実にしろ骨格自体が細いらしく、どうも必要以上に痩せていると思われがちだった。

特に、手首だとかウエストだとか。身長がそこそこあるから女の子に間違われることはさすがになくなったが、誉田にも女の子にさえときどき「細い！」と言って掴まれて面白がられてしまう。

女の子には悔しいと言われ、俺のせいじゃないだろうと返しても「よけい悔しい」と肩を掴む手に思いきり力をこめられたこともある。それが元バレー部だとかの女の子だったものだから、痛かったのなんの。

男扱いされてないなあと、しみじみ情けなくなってしまったのだ。

余裕もないし興味もないから構わないのだが、やっぱり大学生にもなって男扱いされていないというのはどうなんだろうと、ときどきへこむ。

十七歳くらいから、周囲は急に男臭くなった。もちろん英実のようにあまり変わらないタイプもいるにはいるが、大学ともなるとそれが顕著《けんちょ》で、どこのオッサンが紛れこんでるんだと思えば、たかが一つ二つ年上なだけだったりもする。

「気にしてるのか」

「そりゃ、一応」

いちばんのネックは童顔で、大学の入学式にあわせてつくったスーツ姿などまるで七五三だった。遠慮なく笑いとばしてくれた悠貴を、ずいぶん恨んだ。

コンプレックスというほどではないにしろ、どこへ行っても実年齢より低く見られるのは、結構な屈辱《くつじょく》なのである。

「そのままで充分だろ？　可愛いのに」

「可愛いって言われるの、好きじゃない」

言っている傍から、弘明は英実の頭を乱暴に掻きまわした。

「子ども扱いされんのって、めちゃめちゃ腹立つんですけど」

「子どもだとは思ってないよ」

「じゃあ、この手はなんですか」

むすりと渋面をつくった英実が見あげると、弘明は笑いながら手を離した。おどけて、そのままホールドアップしてみせる。

「ごめん、つい。触り心地よさそうで」

「そういうのは、女の子相手にしてください。って、誤解されるからしないんでしたっけね」

「そのとおり。小さいものとか可愛いものとか見ると、触りたくてうずうずするんだけどね」

「それちょっと、変態っぽいですよ」

冗談めかして指を動かした弘明に、英実が眉をぎゅっと顰めて言った。

「本能だからな、こればっかりは」

「だから、よけい変態っぽいってそれ」

頑《かたく》なに拒絶しようとする気持ちを払ってしまうと、弘明と二人きりでいるのは楽しかった。怪我をさせてしまったから、今日だけだから。「これでいいのか」と疑問を投げかける自分自身にそう言いきかせていたのも、いつのまにか頭の中から消えてしまう。

作業がすんでしまったあとも帰ろうかとは言いだしかねて、ずるずるとその場に居つづける。

石を拾ったり、ぼんやりと川面《かわも》を眺めたり。特になにを話すわけでもないのに、ここから去りたくない。

「そろそろ、帰るか」

腕時計を見て、弘明が言った。もう少し、と頼みそうになって、英実はふるりと首を振った。遊びに来たのではないのに、もう少しもなにもないだろう。

「英実?」

立ちすくんだ英実に、弘明が訝《いぶか》る声をかけた。

「今、行きます」

借りたジャケットの裾をそっと掴んで、英実は足を速めた。

＊　＊　＊

借りたデジカメを渡すため、授業のあとで部室に寄ると、中にいたのは有希江一人きりだった。めずらしく、他に誰もいないらしい。

ちらちらとあたりを眺めた英実は「弘明は来てないよ」と有希江に言われ、無意識に彼を捜していた自分に気づく始末だ。

「楽しかった?」

「えっと……、はい」

有希江の問いに、肯定するのもどうかと思いつつ、結局ロケハンにかこつけてすっかり楽しんでしまったのは本当で、だから英実は素直に頷いた。

昨日の帰りは車の中でもあまり話をせず、途中で寄ったファミレスでも、向かいあってただ黙々と食べるだけだった。弘明があれこれと話を振ってくれるのにも、英実はどこか上の空に短い返事をするだけで、やがて彼もあまり話しかけてはこなくなった。

終わりたくなくて。帰りたくなくて、淋しい気持ちがどうしても、口を重くさせてしまったのだ。家のまえまで送ってくれたのに、お礼を言うのが精一杯だった。

「よかった、たまには斉木《さいき》のどうしようもない趣味も役にたつのねえ」

「――はい？」

どういう意味だろう。英実はきょとんと目を丸くする。その姿を眺めながら、「バラしちゃうけど」と言って、有希江がにんまりと笑った。

「あのね、英実ってバイトばっかりしててぜんぜん遊ばないんでしょ？」

「そうでもないですけど」

「呑み会も断ってるし、ゴールデンウィークもずっとバイトばっかりだったって聞いたけど？」

「連休って稼ぎどきじゃないですか。みんな休みたがるし、そういう日は時給も高いんです。それと俺、金もないし酒呑みたいってほうじゃないんで」

特に無理を押しているつもりはなくて、ぜんぜん遊ばないなんて言われると戸惑ってしまう。

「せっかく大学に入ったのにバイトばっかりしてるって、お兄さんが零してたらしいのね。まあ兄弟としては心配なんでしょ。それで、なぁんか弘明が考えてたんだって」

「考えてた……って」

悠貴に聞かされたというのは、ありそうな話だ。そもそもサークルだって、悠貴に言われなければ入ろうなんて考えもしなかったのだ。

けれど、それと昨日までの旅行とどういう関係があるんだろうか。

(……まさか)

自分のために？　と思いいたった英実の心中を読んだように、有希江が口を開いた。

「斉木がロケハンしてほしがってたのは本当なのね。あいつ映画の資金稼ぎで忙しくて、自分で行ってる余裕なくって。今度の場所が絶対いいはずだけど、誰か代わりに見てきてくれないかってことになって、それでね」

斉木というのが、有希江がつきあっている相手らしい。

英実を連れて、遊びがてらに行ってもいい。普段は渋々と押しつけられる役割を、弘明が自らかって出たのだと有希江が言った。

「それじゃ、バイト料っていうのは」

「そのへんはさすがに、斉木からでてるから安心して。ただし、野宿のつもりがちゃんと民宿に泊まれたりしたのは、弘明の持ちだし」

有希江の恋人がだしたのは、英実の一日分のアルバイト料と最低限の足代だけ、つまりは高速代とガソリン代だけだった。

「なんで、そんな」

「英実が可愛いくてしょうがないんじゃない？　弘明は兄弟いないし、英実っていかにも弟って感じするからなあ。私も気持ちはわかるかも」

「……わかんなくていいです」

「弘明は、いろいろ変わってるから。あんまり考えすぎないほうがいいわよ。黙ってろって言われたんだけど、なぁんかそういうのってフェアじゃない気がするから、喋っちゃった」

「有希江さん、津曲さんに詳しいですよね」

「うん？　まあ家が近所で、幼馴染みだったからなあ。小さいころはよく、『津曲さん家《ち》の弘明ちゃんを見習いなさい』とか言われたし。もうムカつくでしょ？　めちゃめちゃ嫌いだったわよ」

賢すぎて親にも反抗できなかった莫迦なんか、見習ってたまるか。当時を思いだしたのか、有希江が悔しそうに言った。

「優等生のクソつまんない男だと思ってたんだけど、親の目を離れるとあれで結構悪さしてたりしたんで、評価は多少持ちなおしたけどね。小中高ときて大学までぜんぶ一緒なんだもん。

さすがに、腐れ縁だと思ってお互い諦めてるわ最近」

「……はあ」

「しかも、人を人とも思わないっていうか、やたら冷たいの。愛想だけはいいのに、小賢《こざか》しいっていうか、子どものころから周りを莫迦にしたところがあってねー」

そう――、なのかな。

有希江の語る弘明像と英実が見ている弘明の姿とがどうも一致しなくて、英実はしきりに首を捻《ひね》った。

「よくわかんないですけど。どっちかっていうと、必要以上に甘いっていうか」

いくら悠貴に頼まれたからにしても、やりすぎじゃないだろうかと、英実などは思うくらいだ。

「相手によるのよ。そのうちわかるって。あの歪《ゆが》みきった根性が多少でも治せるなら、いくらでも協力するからせいぜい頑張って」

「って、俺がですか?!」

自分を指さして声を裏返すと、有希江はうんうんと真顔で頷いた。

「今のところ、あれが興味もってるのって英実くらいだもん。うっかり気にいられちゃったんだと思って、ここは一つ」

「ここは一つって言われてもですね」

頼むなら、自分よりも悠貴のほうが適役じゃなかろうか。少なくとも、弘明にとって英実は、悠貴の弟だというだけの存在で。

おたおたと言い訳をする英実に、有希江は「甘い」と切って捨てる。

「弘明は、友達の弟だからってお義理で可愛がるようなタイプじゃなーいの。英実自身が気にいったか、そうじゃないならなにかろくでもないことを企んでるくらいよね」

気にいられるもなにも、はじめから悠貴の存在があったのだ。弟だからこそ大学を薦めてみたり、サークルに入れようとしたりしていたのだし。

ろくでもないこと、かあ。

悠貴が時折複雑そうな顔をするのは、ひょっとしてそのせいだろうか。やはり、彼らは英実に隠しごとをしているんだろうか。

「あんなのと、斉木が比べられるなんて我慢できないのよっ。うちの親ったら斉木のいいところなんかぜんぜん見てくれなくて、どうして弘明じゃないんだとか嘆くんだもん。あー腹立つったら」

考えこんだ英実に、有希江の苛々《いらいら》とした声がとどく。

「……はあ……」

なんと答えていいやらわからなくて、英実は気の抜けた返事しかできなかった。

頬の傷はどうなっただろうか。酷くなっていなければいいけれど。

数日、弘明は英実の前に姿を現さなかった。彼は彼で忙しいようで、部室に行っても会えないままだ。

＊　＊　＊

旅行にかかった費用の件や、彼の真意を問いただしたかった。どうして、わざわざ連れだしてくれたりしたのかと、理由を訊ねたかった。

たかが悠貴の弟でしかない英実に、どうしてそこまでしてくれるのか。なにか思惑があるなら、ハッキリ言ってくれたほうがいい。サークルにしろ旅行にしろ、彼がしてくれたことで英実が楽しんでいるのは事実なのだから、できることなら協力くらいする。

理由などなにもなく、無償の行為だと言われるほうが怖い。それでは、弘明を嫌えない。

どうしても自分自身を納得させたくて、部室に顔をだすたび、弘明を捜してしまうのだ。けれどここ一週間ばかり弘明は現れなかった。今までは学内でも頻繁にすれ違っていたのに、それすらすっかりなくなっている。

「誰捜してんだ?」

「なんでもない」

学食であたりをきょろきょろと見まわしている英実に、誉田が訊ねてくる。

「心ここにあらずって感じだぞ。なんだ、とうとう気になる女でもできた？」

誰だ誰だとにじり寄ってくる誉田の顔を、英実は乱暴に押しやった。

「そんなんじゃないの」

「怪しい。そういや、こないだの土日バイト休んでただろ」

「なんでもないよ、ホントに。休んだのはサークルの用事だってば」

「ふぅうん？　そういや、あんなに嫌がってたくせに、あっさり入りやがったしな」

まさか彼女に惚れたとか言わないだろうなと問われて、英実はきっぱりと否定した。

「冗談だろ、それにあっちだって俺を男だと思ってないって」

「うん、だから安心してんだけど。あぁでもやっぱ心配なんだよなあ、おまえ可愛いし。彼女がそういう好みだったらどうしよう」

まだ諦めてなかったのか、こいつ。

「だからその、可愛いってやめろ」

「おまえが女だったら、真っ先に申しこむんだけどな」

「気色悪いこと言うな」

本気で嫌がる英実に、誉田はひらひらと手を振った。

「まあまあ。今んとこ友達で満足してっから」

「今んとこってなんだ今んとこって！」

懲りずに頬を触ろうとしてくる誉田の手から、英実は身体ごと飛びのいた。テーブルに置いていた昼食のトレイが、がしゃんと派手な音をたてる。

「そうやって嫌がられると、よけいムキになるのが男ってもんだよ沢野くん」

「阿呆！　俺だって男だッ」

「知ってるよ」

誉田の手が軽く掠《かす》めただけで、ざわっと鳥肌が立った。

「やめろって」

「だからそう、本気で嫌がるなよ。俺だって傷つくんだぞ。沢野もさあ、このくらいの冗談はかるーく躱《かわ》してくんなきゃ駄目じゃん。うっかり本気になるところだった」

心底嫌がった英実の表情に、誉田がようやく手を退いてくれる。脱力して、英実はテーブルに突っ伏した。

「勘弁してって」

「まあまあ。おまえ、こういう危機なかったのか、一度も」

「あるわけないだろ」

顔を伏せたまま、英実はぼそぼそと答えた。

（一度だけあった――けど）

弘明に、耳を舐められた。あのときも背中がぞくっとしたのだけれど、ただ、今のように気持ち悪かったというのとは違った。

いかにも、弘明がふざけた様子だったからだろうか。

「いまどきは男も女も拘らないって奴多いだろー。沢野って結構ぼけてるし、騙されてさくっと食われそうだけどな」

言いたい放題の誉田を放っておいたまま、英実は考えに沈みこむ。

毎日のように顔を見ていたせいか、いざ会わなくなると弘明が気になってしょうがなかった。きっとひょっこり現れてまた揶揄われでもすれば、すっきりするのだろう。

「そういうこと言ってると、あの子にあることないこと吹きこむからな」

頭半分で違うことを考えながら、英実は誉田に逆襲する。慌てて顔をひき攣らせ、ひたすら謝ってくる誉田に、英実はふんと鼻を鳴らした。

よけいなことを考えないですむようにと、英実は無理やり頭を日常に戻そうとしていた。

いっそこのまま弘明と距離ができれば、これ以上彼に惑わされずにすむ。祖母の気持ちを、守っていられる。だから却《かえ》って幸運なのかもしれないと考えようとした。一生会わずにいられるわけでもないのだから、いつかまた会ったら、あらためて彼の話を聞けばいい。英実は弘明を捜したがる自分を無理やり閉じこめた。

大学に通い、サークルの部室に顔をだし、アルバイトに向かう。身体を動かしているあいだがいちばん楽で、いつも以上に真面目に働く英実を、周囲が首を傾げるほどだ。

「いったい、どうしたの。そりゃまあ真面目に働いてくれるのはありがたいけど、あんまり根詰めると疲れるよ?」

年若い店長に訊ねられ、英実は苦笑を浮かべた。理由なんて、上手く説明できない。

「ちょっと勤労意欲に燃えてましてて、それだけですよ」

「ふぅん。ところでお兄さんのほうはその後、どう?」

「まだ、言いだすキッカケがなくて。今日にでも、もう一度頼んでみます」

深夜時間のバイトは、相変わらず禁じられたままだ。バイト自体を辞めろというのはサークルに入ることでどうにか許してもらえたのだが、それ以上の話などとてもできる雰囲気ではなかった。

今ならいいかなと、英実は店長と話しながら思った。家にいても、なかなか眠れない。ぼんやりしていると弘明のことばかり考えてしまって、苛々する。

それとなく、悠貴と話をしてみよう、と決めた。話して、駄目そうだったらすぐにひっこめればいいだろう。下手にしつこくすると逆効果にもなりかねない。

万が一にも許可が下りたら、今まで以上に働ける。疲れて眠ってしまうなら、弘明のことなど考えずにいられるだろう。

「そうか、頼むよ。でも無理はするなよ？　話がこじれて辞めるなんて言いだされたら大変だ」

「気をつけまーす」

お先にと言って、ロッカールームを出る。もう、夜が更《ふ》けてもだいぶ暖かい。半袖のシャツのままでも充分なほどだ。

自転車を飛ばして家へと向かった英実の目に、見知ったシルエットが映った。

「あれ、悠貴？」

コンビニあたりに買い物にでも出たのだろうか。声をかけようとして、英実は思いとどまった。悠貴の横に、誰か背の高い男がいる。少し離れた場所からじっと眺めていると、その横顔にどことなく覚えがあることに気づく。

（あれは――――）

津曲弁護士。かつて頻繁に家を訪れていた、弘明の父親だ。どうして二人が今ごろ一緒にいるんだろうか。なにやら深刻な様子を訝しみ、つい物陰に隠れてしまった。

「――――！」

揉めているようだ。離れようともがく悠貴の腕を、男が掴んでなにごとか言いつのっている。夜の町中で周囲を気遣っているせいか、声まではとどかない。難癖《なんくせ》でもつけられたんじゃないだろうなと、助けに入ろうとした英実を、さらに驚愕《きょうがく》が襲う。

英実の手から、自転車のハンドルが離れた。かしゃん、と路上に金属の派手な音が響く。

「……なんでだよ」

自分の発した声が、遠く聞こえた。

悠貴と、弘明の父親はしっかりと抱きあっていた。はじめは抵抗していたらしい悠貴が、やがておとなしくなる。

英実だって子どもじゃない。目のまえの光景がなにを示しているのか、それくらいはわかる。

つまり、あの二人はつきあってる——ってことなのか。

あり得ない。嘘に違いない。なにかの悪い冗談だと思いたいのに、目がそれを否定する。

「嘘だろ……?」

英実の声に、二人がこちらをふり返った。

「あれは、津曲さんだろ。弁護士の」

家に戻るなり、英実は固い声で兄を詰問《きつもん》した。

「……うん」

青い顔をした悠貴も、否定しても無駄だと知っている。あっさりと認めて、長い息をついた。

英実に気づいたあと、津曲弁護士はなにか言おうとしていた。それを強い口調で悠貴が遮《さえぎ》り、兄弟だけで話をするからと告げて、戻ってきたのだ。

「どういうことなの。いつから、つきあってるんだよ。あの人も悠貴も、男だろ?」

ごまかされるのは我慢できない。ちゃんと説明してほしい。

「六年まえから続いてる」

言って、悠貴が低い声で説明をはじめた。

出会ったのは、旅館売却の話が持ちあがったときだ。両親と、跡継ぎの悠貴を交えて何度も会ううちに、津曲弁護士のほうが、悠貴に惹かれた。

「あの人があんまり真剣で、熱にひっぱられたみたいだ。気づいてみれば、俺もあの人に惚れてたんだよ。男とか女とか、そういうの考えてる余裕もなかった」

苦い笑みが、悠貴の口元に浮かぶ。

「もしかしたら親父たちをこれでだしぬけるとか、最初はそんなこと考えてたんだよ。ずっと跡継ぎ跡継ぎって言われてたのに、あんな結果だろ。期待の長男が道を外れるんだ、ざまあみろって」

捨《す》て鉢《ばち》な気分だった悠貴を掬いあげてくれたのが、他でもない津曲弁護士だった。僅かに赤らんで悠貴が告白する。

彼は悠貴のために、最善を尽くしてくれたのだそうだ。本来は顧客の利益のために動かなければならない立場で、悠貴たち家族が困らないようにと、条件をずいぶんと呑んでくれ、相手を説得してくれたらしい。

そうして。

「自分は真剣に好きになったんだから、悠貴がもし同じ気持ちじゃないなら、このまま諦めるってさ。いい年して、真顔で口説かれたんだよ。参っちゃうよな」

「悠貴は、あの人が好きなの」

「……うん」

「どうして、俺に教えてくれなかったんだよ。そりゃ、親には言えないだろうけど、俺にくらい教えてくれたって！」

「おまえにバレたら絶対反対されるってわかってたから、だから隠しておきたかったんだ」

反対なんか、しないのに。

「勝手に決めんな」

「そうだね、英実を子ども扱いしてたな。でも、おまえに反対されると堪《こた》える」

相手が誰だろうと、悠貴が幸せならそれでいい。そりゃあ戸惑うし驚くしどうしてとは思うけれど、子どもじみた反対なんかしない。

隠したままでは大変だっただろう。英実がこのアパートに居候をしていては、悠貴も思うように彼と会えなかったのに違いない。

（――そう、か。それで……）

一つわかれば、次々ともつれた糸がほどけていく。ときどき土日を留守にしていたのはあの男に会っていたからかと、ようやく得心した。

　そして、もう一つ。悠貴が、英実と弘明が会うのに複雑そうな表情を浮かべていた理由も、だ。

「じゃあ今まで津曲さん、ってあぁややこしいな、こっちの大学にいるほうだけど、あの人が俺にいろいろしてくれたのも、そのせいなんだね」

　英実の機嫌をとりたかったのも、妙に優しくしてくれたのも。細かく気を砕いてくれたのはすべて、このためだったのだ。

　英実の言葉に、一瞬、悠貴は押しだまった。

「それは違う」

「もう嘘つかなくていいよ」

　口籠もったのが、なによりの証拠だ。きっと弘明は、悠貴とあの男のことが知れて、それで英実が反対したらと慮っていたのだろう。彼が二人のつきあいをどう考えているのだか知らないが、英実の世話をすることで、万一バレたときにおかしな行動をとらないようにとでも考えていたのか。

「莫迦だね、悠貴。最初から話してくれてたらよかったのに。わざわざ、津曲さんにあれこれしてもらわなくても、反対なんかしないよ。それにもし反対だったとしても、親父たちに告げ口なんかしない」

「だから、違うよ。誤解だ」

「いいって、もう。でもちょっとショックだったから、一晩頭冷やしてくる。莫迦なことはしないから、安心して」

頼むから、一人にしてほしい。重ねて頼むと、ひき留めようとしていた悠貴も承諾してくれた。

「財布を持って行きなさい。それと携帯電話も」

「いいよ、明日には戻ってくるし。大学にもちゃんと行くから」

それでもと自分の携帯電話を押しつけてくる悠貴に、英実はおとなしく従った。家出するつもりではないというのを示そうと、黙々と明日使うテキストを鞄に放りこむ。

行く宛などないにしろ、とにかくひどく頭が混乱している。まずは気持ちをおちつけようと、英実は家を出た。

「……そっかあ…………」

あれもこれも、すべて。悠貴のためだったのだ。悠貴と父親のために、弘明はなにくれとなく親切にしてくれていたのだ。

ようやく腑《ふ》に落ちたものの、とても気持ちが苦い。苦くて、心臓が鷲掴《わしづか》みされたように痛い。

――好きだった、のかな。

悠貴は、熱にひきずられたと言っていた。それでは自分は、どうだったんだろう。

少なくとも弘明からは「熱」など感じられなかったのに、今さら気づいてみれば、どうやら彼が好きだったらしい。

ふざけて揶揄われて、細かく気遣われて。そんなふうにしているうちに、気持ちが弘明に向いていたみたいだ。

見惚れるような端整な顔をした男に、ああまで優しくされてしまったから。ろくに免疫《めんえき》もない英実は、包みこまれるようにのぼせてしまっていたのだ。

「はじめから、そう言ってくれればよかったのに」

そうすれば、こんな気持ちを抱えこまずにすんだ。今までどおり、恋愛になど興味もないまま、バイトにいそしんで誉田とふざけて、忙しいけれど平穏に、毎日がすごせていたのに。

これは、罰かもしれない。祖母を忘れて、あの人に惹かれてしまったせいだ。

(ごめん、祖母ちゃん)

もう忘れるから、勘弁。一人ごちて、英実はふらふらと町中を歩いた。

なにも知らないいまま弘明に告白などしないですんだのが、せめてもの幸運かもしれない。こうなると、しばらく顔をあわせなかったのも好都合だったのだと思う。

もしあのままひきずられていたら、うっかり好きだと告げていたかもしれない。ただ悠貴の弟だというだけなのに熱をあげられて、弘明はきっと困っただろう。

(それとも、慣れてるかな)

自嘲する。一方的に好かれるのには慣れているだろう弘明は、そういうときもソツのない応対をするのかもしれない。

誤解されると困るから女の子には親切にしない、と言っていたのに。よりによって男の自分まで、彼に惹かれてしまうなんて。

「おっかしーの」

声が湿っているのには、敢えて知らないふりをする。明日には普通の顔をしなきゃならないでないと、悠貴が心配してしまうだろう。

「どこに行こうかなあ」

ファミレスででもすごせばいい。とにかく一晩で頭を冷やさなければ。

英実はひたすら歩きつづけた。

＊　＊　＊

喫茶店やらファミレスやらを梯子《はしご》したあと、早朝に大学へ向かった。図書館が開くのを待って、すぐに逃げこむ。

人気のないがらんとした図書館を見渡して、一番端の陽あたりのいい場所に陣取った。厚めのハードカバーを抜きだしてはきたものの読む気にはなれなくて、閉じたまま机に置く。

腕枕をして、こてんと頭を凭《もた》せかける。一晩中起きていたせいか、さすがに眠かった。こんな気分でも眠気はくるのかと思うと、なんだかおかしい。

暖かい陽射しに誘われて、うとうとと眠気に浸《ひた》る。今日はもう授業にでる気にもなれなくて、このまま寝てしまえと、入学以来はじめて、英実はサボりを決めこむことにした。

本当は、大学にも来たい気分じゃなかったけれど。万が一悠貴から連絡があった場合に違う場所にいたらきっと心配される。

悠貴が悪いわけではなくて、もちろん弘明も悪くない。勝手に恋をした英実が、自分の感情にさえおりあいをつけられたら、それでなにもかもが終わるだけのことだ。

まだ会ったばかりだし、きっと忘れられるはずだ。一晩考えた結論はそんなものだった。今度会ったら、悠貴からすべてを聞いたことと、もう構わなくていいからと告げればいい。サークルも辞めて、津曲との縁はそれで切れる。

（辞めるもなにも、活動らしいことはしてなかったっけ）

結局、情報分析研究会なんてご大層な名前をもつあのサークルがいったいなにをしているのか、とうとうわからずじまいだった。英実がしたことといえば、マンションの部屋でお茶を飲んだり昼食をもらったり、パソコンを使ったごく簡単な作業や買いものを頼まれる程度だ。

雑用だけにしろそれなりに楽しかったので、もう通わなくなるのは淋しい気もするが、誉田ではないがフラれた相手の顔を毎日見るというのは、厳しすぎる試練だ。

どうして男なんて好きになったのだろう。たとえば高校時代の彼女たちをもっと好きになれたら、こんなふうにふらふらになったりしなかったのかもしれない。

華やかで気が強くて、柔らかい身体としなやかな感情をもっていた。彼女たちにひきずられるばかりの自分に呆れながら、それでも煮えきらない自分を許してくれた。

今になれば、彼女たちにとんでもなく失礼だったと思う。「今ごろ、なに気づいてんのよ」と笑う姿が目に見えるようだ。情緒がとんでもなくお子様だった英実には、当時まだ人を好きになる気持ちなどまるでわかっていなかった。

彼女たちが真剣だったのか、軽い気持ちだったのか、それすらわからない。英実のまえでは上手く隠してくれていたのかもしれないし、そうじゃなく本当に気軽なつきあいのつもりだったのかもしれない。

——でも。

どちらにしろ、英実が誠実ではなかったのはたしかだ。

（ホント、今さらだよなー……）

今度会ったら謝ろうかなんて考えて、それからいったいどうやって会うのかと苦笑する。郷里に帰った際に呼びだしたとしても、彼女たちが応じてくれるかどうか、わからないのに。

まして、好きな人ができてはじめてそんなことに気づいたなんて、どの面下げて告白しようというのか。

思考が空転している。埒《らち》もないことばかり考えているのは、目のまえの難問を直視したくないせいかもしれない。

身体はくたくたなのに、頭が冴えてしまっている。うとうとと眠気ばかりはあるのに、目を閉じてみても眠れないいままだ。

ぽつぽつと図書館の中にも人が増えてきた。満員になることは滅多《めった》にないが、それでも人影が一人、二人と入ってくる足音が聞こえた。

歩き、止まり、また遠ざかっていく。いくつ足音を聞いていただろうか。いきなり肩を叩かれ、英実はびくっと身体を跳ねあげた。

「あっ――」

「よかった、やっぱりここだったか」

安堵したような息をついて、弘明が言った。

「どうして」

なんでここに。それ以前に、どうして捜されていたのか。よりによっていちばん会いたくない男に、早々に見つけられてしまった。

(偶然かもしれない)

英実ははかない希望を抱いた。

彼はなにも知らないままかもしれない。たまたま、見つけただけだとか。いや、そうでなくても、サークルのことかなにかで、用事があったのかもしれない。

「悠貴さんから、昨夜出ていったきり帰らないって聞いたんだ。大学には行くだろうって話していたから、ここじゃないかと思ったよ」

あたってよかった。そう言って弘明がにこりと笑った。

「どうしてここだとわかったんですか」

「時間があると、いつも図書館にいるだろう?」

「それも、悠貴に聞いたんですか?」

普通に話そうと思うのに、どうしても声が堅くなる。笑いたくても、それもできない。ばつが悪い。最悪の展開だった。やはり悠貴は、もしかしたら弘明の父親にかもしれないが、昨晩の顚末《てんまつ》を伝えてしまっていたようだ。

「なにか、俺に用ですか」

「いろいろと、説明しなきゃならないことがあるだろ。その——、昨夜のこととか」

「あれは、もういいです。悠貴からぜんぶ聞きました」

そうだ。弘明に会ったら、言わなくてはならないことがあった。鈍い頭を、英実はのろのろと巡らせた。

冷たい声で言った英実に、弘明は傷ついたような表情を見せた。その表情にずきりと胸が痛むけれど、彼がそんな顔をする必要はないのだ。

もうぜんぶ、わかったのだから。

「誤解をときたいんだ」

「誤解なんて、してないよ。ねえ津曲さん、もうぜんぶわかっちゃったんだから、俺に親切にしなくていいんだよ。俺は、反対なんかしないからさ。悠貴がいいなら、それでいいんだ」

つい、声が大きくなってしまったらしい。本を読んでいた数人と、司書の冷たい目が注がれる。すみませんと頭を下げて、英実はかたんと立ちあがった。

「とにかく、外に出ないと」

「そうだな。ここじゃおちついて話もできない」

並んで歩きながらも、英実には話などするつもりはなかった。とにかく早く終わらせて、彼から離れてしまいたい。それだけだ。

だって、少しでも早く離れてしまわないと、心が壊れそうだ。

「どこへ行くんですか」

弘明がまっすぐに校門へと向かう。英実は足を止めて訊ねた。彼はふり返ると、「君の家」と短く答える。

「なんで？　俺はだって、授業が」

「どうせ、でる気はなかっただろ。それに、そんな様子じゃ出席したって無駄だよ。必要なら今日の分の補習は手伝うよ」

「そんなの、誉田にノートでも借りますけど、でも」

「英実、頼むよ。話だけでも聞いてくれないか?」

断ろうとして口籠もり、頷いてしまったのは、英実の気持ちの奥深くまで、切りこむように注がれる真剣な眼差しのせいだ。

それにしたって、なんで俺の家なんだ。勝手に決めるな。むすと顔を顰めて英実が呟くと、弘明は表情を和らげた。

「話が終わったら、寝ちまえ。俺のところでもいいけど、それじゃ英実が安心して休めないだろ」

「一晩くらいの徹夜じゃ倒れませんよ」

眠いし欠伸くらいはでるけれど、一日くらいたいしたことはない。

身体の弱い、悠貴とは違う。

「そうかもしれないけど、俺が心配なんだ。今日もバイトあるんだろ」

「………」

弘明の声も表情もひどく柔らかくて、くだらない期待をしてしまいそうになる。

——反則だ、こんなの。

弘明は何度もこのアパートを訪ねていたらしい。部屋に入ると慣れた様子で英実を座らせ、自分は台所に行って湯を沸かし、コーヒーを淹《い》れて戻ってきた。

なにがどこにあるか、すべて把握しているかのように弘明の動作には淀《よど》みなかった。

弘明の行動に、彼と悠貴との親しさがかいま見える。英実の知らない六年間、途中で弘明が留学しているので実質四年間がそこにたしかに存在している。

悔しいと思ってしまうのは、それに気づきもしなかったせいか。悠貴の弟だから自分に親切にしてくれるのだとわかっていながら、自分一人が気持ちをすり替えてしまったせいか。

弘明に渡されたマグを受けとりながら、英実はひどく重苦しい気分を呑みこんだ。

この二カ月のあいだは一度も、弘明はアパートに来ていない。もちろん、彼の父親もだ。

(俺って、邪魔だったんだな)

悠貴がここに住めと言ってくれたのに甘えていたけれど、彼に恋人がいる可能性くらい考えればよかった。

板間のダイニングテーブルで、しばらく黙ったままコーヒーを飲んだ。英実はもう言いたいことを言ってしまっているし、話があるというのは弘明だ。

「親父と悠貴さんは、ちゃんと真剣につきあってる。それだけはわかってほしい。うちの親父なんかどうだっていいんだが、悠貴さんはずっと英実を気にしていたから」

「……知ってる」

「君の親御さんには話せないが、いい年してあれで夢中なんだよ。あの旅館も、いつかは買いもどしてやりたいってあれこれ手を尽くしてるところだ。かなり無謀には近いんだけどね」

「へえ、凄いね」

英実の声には感情がなくて、自分で聞いても空々しい。

「本気なんだよ。冷静に考えりゃ、一個人がどう頑張ったところで無駄だってわかるくせに、どうしてもあの旅館を悠貴に渡せないかってずっとそればっかり考えてる。悠貴本人に、いい加減諦めろって諫《いさ》められているくせにな」

生活面でも、手伝いたいと言って悠貴にすげなくはねつけられたのだと、弘明が言った。たとえばこのアパート。八畳ほどのダイニングキッチンに六畳の和室、それに三畳の納戸がついた古い木造建築に、兄弟二人で住むことになった。一人ならば充分な広さだが兄弟で暮らすには狭いだろう、もっと広い部屋に引越せばいいんじゃないかと勧めたそうだ。

２ＬＤＫくらいのマンションなら家賃は自分が出すと言いだして、弘明の父は、悠貴にひどく怒られたらしい。

きちんと働いている一人の男で、なにかしてほしいから彼と一緒にいるんじゃない。そんなことをするなら別れたほうがマシだと悠貴に啖呵《たんか》を切られ、不承不承ひきさがった。

「そういうところ、君たち兄弟はよく似てるよな。親父も莫迦だろ。そんなことでしか、関心や愛情を示せないいんだ」

弘明が説明をしようとすればするほど、英実の感情が冷えていく。

「津曲さんは、悠貴たちのことを反対してるわけじゃないんだよね」

「もちろん。最初は複雑だったけどな。まあ、あの親父がはじめて人間らしい一面を見せたんで、驚きもしたし」

「そうなんだ」

「昔から、家族の情なんてほとんどなくてな。ついでに言えば男でも女でも自分が気にしないタチで、だからじゃないのか」

英実にあんな悪戯をしかけるくらいだから、男に触るのに抵抗がない、のだろう。たぶん。

「津曲さんは、どうして悠貴とお父さんのためにここまでするの。俺の機嫌なんかとらなくたって、親に言いつけたりしないよ。悠貴が誰とつきあおうと自由だろ。びっくりしたけど、それだけ」

もういいから、話など早く終わらせてほしい。英実が望むのはひたすらそれだけで、その気持ちが語気を強め、つけつけと嫌な口調になる。

まるで拗ねた子どもみたいだ。英実は聞こえてくる自分の声に感じた。きっと、弘明もそう思っているだろう。

悠貴と弘明の父との関係を教えられなかったことを、秘密を共有できなかったと拗ねてみせているように勘違いされているのじゃないか。

だとしたら、このまま勘違いしていてくれたままがいい。懐柔《かいじゅう》するつもりの相手に勝手にのぼせあがられても、弘明には迷惑なだけだ。

早く、ここからいなくなって。よけいなことを言わないうちに。

祈るような気持ちで、英実は弘明を見た。強張《こわば》る頬を懸命に動かして、なんでもないからと笑ってみせる。

「もう終わりだよね？　大団円になったんだしさ。津曲さんも、巻きこんじゃってすみませんでした。はじめから悠貴が教えてくれてたら、簡単にすんだのにね」

マグを掴んだ手に、割れんばかりの力がこもる。そうしていないと、わだかまる感情を迸《ほとばし》らせてしまいそうだった。

弘明が好きで、だからこそこうして話しているのが苦痛なのだと、言ってしまいたい。なにか違う目的のために優しくされただけなのだと、知らされるのがきつい。弘明の口から悠貴や彼の父親を庇う発言を聞くたびに、事実の苦さが胸に広がるばかりだ。

「終わりじゃない。俺の話はこれからなんだ。英実は、肝心なところを誤解してる」

「誤解って」

まだなにかあるのか。顔を背けた英実の手から、マグが奪われる。「こっちを見て」と静かな、けれど有無を言わさない声が命じた。

「誤解させたままのほうが、本当は都合がいいんだけどね。俺は、たぶん英実が考えてくれているような善人じゃないんだ。親父のためになんて面倒で動いたりしないし、目的のためなら手段は選ばない」

「だから、津曲さんの目的っていうのは、悠貴とお父さんとの仲を認めさせることだったんじゃないの」

「ハズレ、やっぱりそう思ってただろ」

弘明が言って、英実を囲いこむようにテーブルと椅子の背とに手をついた。身を屈《かが》め、顔を近づけてくる。

逃げようにも、椅子ごと押さえられてしまっていて、身動きがとれない。

「俺は、悠貴さんを脅したんだ。親父との仲を英実に知られたくなかったら、俺に英実を紹介してくれって」

「……は?」

意味を捉えかねて、英実はぽかんと目を瞬かせた。思わず見あげた弘明の表情は、どこか面白そうに笑んでいる。

「どういう、意味……ですか」

「まだ、英実が大学に入るまえだよ。ときどき、悠貴さんのところへ遊びに来てたよな」

親のお遣いやら悠貴に招かれたりで、一月に一度くらいはアパートに来ていた。新幹線で二時間程度の距離なので、日帰りするのも苦にならない。

旅館を手放したあと、悠貴はほとんど家に戻ってこなくなった。定期的な連絡くらいは入るものの、お盆も正月も、忙しいからと言って帰省しないままだ。

英実ならば悠貴も厭《いと》わないからと、様子を見てきてほしいと親から頼まれて、お遣いという名目で通っていたのもある。

そのころに一度すれ違っているとは、以前にも弘明から聞いている。

「秋口くらいだったか、入れちがいになったことがあったって言っただろう？　それまでにもさんざん、可愛くてたまらない弟だって悠貴さんに聞かされていて、見てみたらあんまり想像どおりだったんで、近づいてみたくなった」

よく、わからない。

弘明はいったいなにを話しているのだろう。

「可愛くて素直で、少し頑固だけど情の深い子だって、べた褒めでね。最初はたいしたブラコンだって呆れてたんだけどな」

それは褒めすぎだ。そんな場合じゃないのに恥ずかしくなって、英実は顔を赤くして俯いた。

(そっか。だからなのかな)

弘明が英実に甘いのは、悠貴の『事前宣伝』が誇張されすぎていたせいらしい。

「悠貴は弟莫迦なんです。俺はそんな、とり扱い注意みたいのじゃないし」

「おい待て、どうしてそうなる」

「違う……んですか？」

あのなぁ、と言って、弘明が肩をおとす。

「津曲さんの話、よくわからない」

もの凄く困っている様子の弘明を見ていると、さっきまでの激情がしゅんと消えていってしまう。代わりに、なんだか彼に悪いことをしているような気分にさせられた。

うかうかと悠貴や弘明の思惑に乗せられてしまったようでとても悔しい。けれど結局のところ英実は弘明が好きで、だから彼を困らせたくはないのだ。

（でも意味、ホントにわからないし）

こんなに呑みこみが悪かったかと、英実は自問してみた。

「ごめんなさい」

「なにが？」

「俺、津曲さんを困らせてるんじゃないの」

弘明はいつも超然としているというか、どこか高いところから見下ろしているような雰囲気があった。

英実が戸惑ったり怒ったりしているのを楽しんでいる、そんな余裕が見えていたのに、今目のまえにいる彼からは、その余裕めいたものが感じられない。

なにがそんなに困らせてしまっているのかと考えてみるのだけれど、どうしても答えはでてこなかった。

「困ってるのかなあ。あぁ、そうかもしれない」

唸るように言って、弘明は額にかかる前髪を掻きあげる。前髪をくしゃと鷲掴みしたまま、天を仰ぐように宙に視線を投げた。

上向いた顎《あご》から喉へと続くラインがくっきりと浮きあがるのを、英実はぼうっと眺めた。身体を構成するパーツの一つ一つまで綺麗で、ときめくのを抑えられない。

「えーっとな、つまり」

口籠もり、弘明は「あぁ、やっぱり駄目だ」と呟く。なにが駄目なのかさっぱりわからない英実は、ひたすら彼の言葉を待つしかなかった。

「あのな」

ごく近い距離で、弘明が英実を見つめる。あまりにもまっすぐな視線に、逸らすことも許されない。

緊張で、英実はこくりと喉を鳴らした。

「俺は自分から誰かを口説いたことがないんだけど、この場合どうすりゃいいんだ」

「……はい？」

返事が、一拍遅れた。

真剣な表情でなにを言うのかと思えば、こんなときにもてる自慢でもしようというのか。

「ふ…っ、ふざけんじゃ」

ない、と怒鳴ろうとしたのを、弘明の手で止められてしまう。

「真面目に訊いてるんだよ」

「なにをっ?!」

「どうしたら、英実を口説けるのか」

聞き間違いか。

(はい………?)

耳を疑う英実に、「やっぱりまるっきりわかってなかったな」と、弘明が嘆く声が遠くとどいた。

「近づいて、実際に話してみたら、どうしても俺のものにしたくなった」

どういう意味だろう。ストレートに単語を拾っていいのか、それともなにか違う意味があるのか。混乱したまま、英実はひたすら弘明の話を聞いているしかなかった。

「俺のもの、ですか」

鸚鵡《おうむ》返しにした英実に、弘明はひょいと肩を竦めた。

「一目惚れしたんだ。聞いてる? 誰にとか訊いたら、本気で怒るぞ」

今まさにそのまま訊ねようとしていた英実は、先を越されてうっと言葉を詰まらせる。

「だって、あの——」

「あの、じゃないだろ」

あんまり恥ずかしいこと言わせるな。弘明はそう言って、英実の頬をごく軽く、ぱちんと叩いた。

「ぼんやりしてないで、返事は？　英実、俺を嫌いじゃないよな」

「そりゃ、まあ」

嫌いどころか、むしろ好きだけれど。

とにかく、現実感がまるでなかった。たとえば、道を歩いていたらいきなり「あなたに一億円が当たりました」とか言われたみたいだ。つい、なにか裏があるのじゃないかと疑ってしまう。

好きになった人が自分を好きだなんて、そんな簡単にことが運んでいいものか。経験がない上に隠しごとをされていたのもあって、どうも素直には受けとれない。

おかげで、冷静ではいられる。

「搦め手《からて》でいこうと思った俺が間違いなんだろうけどな、こんなに鈍いとは知らなかった。普通はもうちょっと、ニュアンスで伝わるものじゃないのか？」

「知りませんよ、そんなの」

鈍いと決めつけられて、英実はむすりと頬をふくらませた。

「まえに悠貴を好きなのかって訊いたとき、津曲さん、だって男だろって言ったじゃないですか」

男に興味がなさそうなことを言った。それははっきり憶えている。

「そう言わなきゃ、英実に警戒されるからね」

弘明は平然と言った。

「本気なんだけどな。もしかして英実、ぜんぜん信じてないだろ」

「――……っ」

びく、と英実の身体が大きく震えた。弘明の手が英実の顎を掴んで、くっと上向かせてくる。

「どうしたら信じてくれる？」

「え、あっ、あの」

息がかかりそうなほどごく近くにひき寄せられて、英実はうろうろと視線を彷徨《さまよ》わせた。

「ちゃんと俺を見て」

低く囁く声が、まるで呪文のようだ。

魅入られて動けない。

頬に柔らかいものが触れて、すぐに離れていった。微かな柑橘《かんきつ》系の香りが、鼻をくすぐる。

なにが起こったのか、一瞬わからなかった。

(今のなに。なんでこうなるの)

頬にキスされたのだと気づいたとたん、じわじわと頬が熱くなっていく。

おかしい。こんなはずじゃなかった。昨晩死ぬほどおちこんでぼろぼろだったのに、なにがどうなってこんなことに。

「触り心地よさそうで、ずっと触ってみたかったんだ。やっぱり、柔らかくていいな」

触り心地ってなんだ。柔らかいってどういうことだ。

弘明の声が、混乱しきった英実の耳に遠くとどく。

「嫌なら嫌だってはっきり言わないと、俺は図に乗るからな」

そんなこと、宣言されても困る。だって、嫌じゃないのだ。英実が「返事」をできないのは、ひとえに弘明の真意がわからないからだった。

「図に乗る、んですか」

「そうだよ。俺は、英実も俺を好きになってくれたんじゃないかって、実は期待してたからな」

そのとおりだ。どうやら弘明は英実の気持ちなどとうに見通していたらしい。

「どうして……?」

どうしてわかったんだろう。

「場数はそれなりに踏んでいてね。それに相手が自分をどう思っているかって、だいたい伝わってくるものじゃないか?　気長に構えるつもりだったんだけど、英実が俺を見る目とか、車の中でちょっかいだしたあとの反応が決定打だったかな」

車の中というと、耳を噛まれて飛びあがりそうになった、あれのことだろう。

「半泣きで怒っちゃいたが、混乱してるだけで嫌がってる様子じゃなかった。ああ、これなら大丈夫かってな。あんな可愛い顔して怒ったって逆効果だよ」

言って、弘明が笑った。

「うー………」

「拗ねるな」

「そうやってすぐ揶揄うから、信じられないんですけど」

「反応が面白くて、つい。でも自分から口説こうなんて思ったの、英実がはじめてなんだ」

聞きようによっては、というよりいつ聞いても不遜な言葉だ。

「それって、喜んでいいんですか」

「それはどうだろう。俺としては、どれくらい英実を好きかってことをわかってもらえればそれで充分だけどな。英実、誰かとつきあったことは？」

「ありますよ。二人とも女の子でしたけど」

「二回ね、なるほど」

はからずも乏しい回数まで暴露してしまって、英実はしまったと顔を顰めた。

「それは、自分から言った？」

問われて、首を横に振った。

「それじゃ、俺を三回目にしてくれ。つきあってみてどうしても英実が無理だと思ったら、そのときは潔《いさぎよ》くひきさがるから」

　頷いてしまいたい。けれど最後のところで英実は躊躇った。祖母の顔が、ちらついてしまうのだ。

　今さらだ。もうとうに、祖母の気持ちなどないがしろにしてしまっているくせに。祖母を言い訳にしているだけだ。

（頷いて、どうなるかが怖いだけだろ）

　自分の情けなさをごまかしているだけだ。

　迷う英実に、弘明はさらに言った。

「お祖母さんのことは聞いてる。申し訳なかったとも思う。でももし英実が少しでも俺を好きなら、うんと言ってくれないか。絶対大事にするから。お墓の前で何度だって謝るし、説明するよ」

「祖母ちゃん、もう返事してくれませんよ」

「それでも。英実が納得してくれるまで」

　結局のところ、英実は弘明が好きだった。信じきれなかろうと、もしかしてなにか裏があるのかとか騙されているのじゃないかと勘ぐろうと、その気持ちは変わらない。

　その相手にこうも言われてしまったらもう、抗《あらが》いきれるものではなかった。

「悠貴を脅したっていうのは、本当なんですか」

てっきり仲がいいのだと思っていたし、悠貴や弘明の態度からも、どうも首を傾げてしまう発言だった。

「本当だよ。あの人にはいろいろ感謝してるけど、言っただろう？　俺は自分の欲求のためなら手段は選ばない。おかげで、ずいぶん印象悪くしたかもしれない。英実に近づくのまではいいが、泣かせたら承知しないって釘も刺されてる」

悠貴が許可したのは、あくまで英実に近づいて親しくなる、そこまでだ。

「感謝？」

「俺は、親父が嫌いだったんだ。仕事人間なのはともかく、顧客のためなら手段を選ばない男だし、人間らしい感情みたいなものをまるで感じられないんでね」

そういうところが自分に似ていて、よけいに嫌だったのだと、弘明が言った。

父親と同じ道を辿ることを強要され、鬱々としていた。弁護士になるべく学部を選び試験を受けても、まだ決めかねるくらいに。

「悠貴さんとつきあいはじめたって聞かされたときは、なんの酔狂かと呆れたよ」

仕事のためにそんなことをしているのじゃないか、だとしたら最悪だと思った。今度という今度は本気で父親の人格を疑った。

けれど、父親は本気だった。本気で、ずっと年下の男を愛しているのだと大真面目な顔で告白され、挙げ句には彼の信念を曲げてさえ、悠貴のために尽力してみせた。

「あの男に、そんな一面があったなんてな。悠貴さんのおかげで、あいつも人間なんだってはじめてわかったよ。だから、感謝してる」

「名字で呼ばれるのが嫌なのは、お父さんが嫌いだからなんですか」

「そう。津曲って呼ばれるたびに『おまえはあいつの息子だ』って言われてるような気になって苛々するんだ。弁護士になって、いつかあの男にそっくりな人間になるってさ」

軽い口調で言ってみせてはいても、どこか苦いものが滲んでいた。きっと、英実には窺いしれないような様々な感情が、そこにはあるのだろう。

悠貴も当然のような顔をして跡継ぎの道を進んでいた。英実には決して話してはくれなかったけれど、もしかしたら彼と同様のものを抱えているのかもしれない。

ここで暮らしはじめてから一度も帰ろうとしないのはその現れなのかと、英実は朧気《おぼろげ》に感じていた。

(俺には、親も悠貴もみんな、よくしてくれたのに)

忙しい両親に構ってもらった記憶こそないが、冷たい扱いを受けていたというわけじゃない。彼らが忙しいのは見ていて充分にわかったし、祖母も兄の悠貴も、英実には甘かった。

周り中から愛情を受けて育っていたのを、当然のように受けとめていたけれど。それは幸運なことじゃないかとはじめて思う。

「俺も、……その。弘明さんって呼んだほうがいいですか」

猛烈に照れくさくて、さすがに言葉がもごもごと籠もってしまう。

「うーん、英実には別の意味で是非ともそう呼んでほしいね」

「別？」

「恋人に名前を呼ばれるのって、特別な感じがするだろ」

「こ………！」

恋人って、そんないきなり。狼狽えて目を泳がせた英実に、弘明がくっと笑った。

「そう、恋人。名前を呼んでもらっているうちに、英実もその気になってくれるかもしれないしな」

目眩がしそうだ。彼が嫌がるのを敢えて名字で呼ぶこともないだろうと思って言ってみたのに、そんなふうに返されるなんて。深い意味があるのだと言われてしまったら、なおさら呼べなくなってしまうじゃないか。

「ありがとうな、でも無理はしなくていい。気を遣ってくれるのは嬉しいけど、呼びたいように呼んでくれたらそれでいい」

ぽん、と手が頭に置かれる。

「無理なんかしてません」

……嘘だけど。

「それにしても、ちょっと場所を誤ったかな」

場所って、なんのことだろう。

唐突な弘明の言葉に、英実はきょとんと目を丸くした。

「ここのことだよ」

そう言って、弘明はぐるりと部屋を見回してみせる。

「ダイニングで告白なんて、色っぽくないと思わないか」

あらためて指摘されると、なるほどそのとおりかもしれない。もっとも英実には場所など気にしていられる余裕など欠片もなかったのだけれど。

「ここに来ようって言ったの、つ——じゃなくて弘明、さんじゃないですか」

津曲と呼びかけて、慌てて言いかえた。無理だと指摘されれば意地になってしまうのだが、やっぱり急に変えるのは難しい。

「まぁな。自分で思っていたより焦ってたみたいだ」

「焦る？」

「英実がいなくなったって、昨夜悠貴さんから電話があったんだ。ぜんぶバレたんだって聞かされて、ひどく焦った。俺が君に近づいた意味を、変に誤解されるんじゃないかってな」

「誤解、っていうか」

「悠貴さんは、とにかく英実に知られるのを嫌がってた。君に反対されたり家族に知られるだけならまだしも、一緒に暮らすのさえ嫌がられたらどうしようって」

英実に隠しておくためなら、なんだってする。悠貴はそのつもりだったのだと、弘明が言った。

「嫌だとか、そんなことないのに」

「こればっかりは言ってみなきゃわからんだろ。生理的に我慢できないってやつは、やっぱりいるんだ。親父や悠貴さんはなんとか隠してるけど、明かしてる連中の中には、ひどい言葉でののしられたやつだっている」

「弘明、さん……の、知りあいにも？」

「いろんなやつがいるさ。ところで、触ってもいいか」

戸惑いながら頷く。弘明の手のひらが英実の頬を包むように触れて、耳朶をそっと撫でた。

淡い吐息が、英実の唇から零れる。弘明の触れかたがとても優しくて、その心地よさにとろりと蕩《とろ》けてしまいそうだ。

好きな人が自分に触れてくれるのは、こんなに気持ちのいいことなのか。どきどきと心臓を高鳴らせながら、英実ははじめて実感した。

他の誰が触れてもこんなふうにはならない。友達とふざけてじゃれているときはもちろん、かつてつきあった二人の女の子たちに触れられても、触れても。こんなささやかな接触で震えるほどにはならなかった。

きっと、車の中でも。弘明が悪戯をしかけてきたあのときも、すでに自分は弘明を意識していたんだと、今さらながらに思う。

ぼんやりと感覚に浸っていると、彼の手が離れていく。

「俺の目的は最初から英実だった。せっかく英実が俺に好意をもってくれているようだったのに、ここで誤解されちゃたまらないだろ。……案の定だったけどな。英実が離れていくなら、親父たちなんてどうでもいい。揉めようが別れようが知ったことかって気分だったよ」

弘明が苦笑を浮かべた。

「まだ、お父さんが嫌いなんですか？」

「悠貴さんとのことで多少見直したにしろ、それでもまだ基準値にはとどかないかな。あの男の他人に対する態度を見ていると、まるで自分の将来像のようでぞっとする。反面教師にするつもりでいても、ついな。しかもたぶん、俺のほうが親父よりひどい」

気づいてみれば同じパターンなのだと、弘明が言う。

「弘明、そんなに冷たくないよ？」

少なくとも英実に対しては、いつもすぎるくらいに甘い。そう告げると、彼は「それは英実が特別な相手だからだよ」とあっさり却下されてしまった。

「俺がどういう人間かは、有希江がよく知ってるさ。あいつに、なにか言われなかったか」

言われてみればなんだかさんざんな評価だったなと、彼女の言葉を思いかえした。

「なに言ったかは知らないが、たぶんあいつの言葉が正しいんだよ。どうせろくでもなくこきおろしてくれたんだろうが」

——どうして？

弘明がこれほど自分を好きでいてくれるらしいのが、どうしても英実にはわからなかった。自分にはそんな価値はない。弘明のような男に、こうまで言わせてしまうような人間じゃないのだ。

「なんでですか。俺のどこがいいんですか」

「どこって、ぜんぶ」

「ごまかさないでください」

じろりと睨んだ英実に、弘明は降参というように両手をあげた。

「具体的にどうって言えるようなものじゃないだろ。強いて言えば顔は一目惚れしたくらい好みだし、性格も可愛い」

「悠貴にあれこれ聞かされすぎて、過大評価してるような気がするけど」

「そんなふうに、いったん言いだしたら意地でも名前で呼びつづけようとするところもだよ。英実、俺が親父嫌いなんだってわかったとたん、すごく淋しそうな顔しただろ」

笑って、弘明は英実の髪に手を伸ばした。一房掴みとると、指に巻きつけてするするとほどく。

「悠貴さんから話を聞いて、実際に顔を見て。もし英実が俺を好きになってくれたら、悠貴さんにするように必死になってくれるのかもしれないって思ったんだよ。だからどうしても英実が欲しかった」

悠貴が話す兄弟像が、とても羨ましく思えた。お互いがお互いを気遣って、とても温かい。

「俺は、弘明さんが考えてるような人間じゃないよ」

弘明の口から語られる自分は、まるで違う人間のようだ。褒められているのかもしれないが、どうにもそぐわない。

実際につきあいはじめたら、失望するんじゃないか。英実はそんな不安にさえ囚《とら》われてしまう。

「そうかな？　それでもいいよ」

すっと顔が近づいてくる。耳元で「……いい？」と訊ねられ、英実は目を瞑《つむ》った。

「――――」

優しく、包みこむようなキス。そっと触れて、唇を擦りあわせて、舌が形を辿る。肩に手が置かれひき寄せられるまま、英実は弘明の胸元へと倒れこんだ。

かくりと仰向いた頭は彼の手に支えられ、長いキスを交わす。絡まる舌も微かな息づかいも、どこまでも甘いばかりだ。

キス一つで、身体ごと気持ちまでとろとろになりそうだ。

弘明の唇が離れていくのを、英実はぼうっと目で追っていた。じわりと痺《しび》れる唇を、自分の指でそっとなぞる。

「もっと欲しいけど、がっつくと嫌われそうだからやめておくよ。——電話、しな」

「でんわ？」

「悠貴さんが心配してる。学校を出るまえに連絡を入れておいたけど、直接英実の声で聞けば安心するだろ」

そうだ。

昨晩、喧嘩のような状態で家を出たままだった。もうそんなことも、遠い昔のようにさえ思えた。なんて長い一日だったんだろう。状況の変化に、頭がついていかないようだ。

悠貴が心配していることさえ、頭になかった。思いだして、自分の薄情さにおちこむ。

「そうですよね」

弘明に言われてようやく、そんなことに思いいたった。やっぱり、自分は彼が言うような人間じゃないよなとつくづく考えてしまう。

弘明のほうがよほど気遣いがこまやかだ。

悠貴に借りたままの携帯電話ではなく、家の電話から悠貴の会社に連絡を入れる。電話の向こうの悠貴の声はいつもとまるで変わらない様子だった。それは会社にいるからというだけではなく、きっと英実を思いやってのことだろう。

心配かけてごめんなさい。悠貴が帰るまでここで待っているから。心底反省しながら告げて、会話を終えた。

「これ以上ここにいるとブレーキが保ちそうにないから、俺はこのあたりで退場するよ。英実、ゆっくり眠って、明日また部室においで」

「ブレーキ？」

「俺が英実に襲いかかってる最中に、悠貴さん戻って来ちゃったらどうするの」

ふざけた口調で言いながら、弘明はまた英実の頬に触れた。

「おやすみ、——好きだよ。一晩寝て、忘れましたなんて言うなよ」

わざとめかした厳しい表情で念を押される。

「……うん」

額にキスを残して、弘明が部屋から出て行く。

夢の中にいるみたいだ。信じられない。

一人になった部屋で、英実は彼の残した感覚だけを追いつづけていた。

＊　＊　＊

昼休み、誘いにきた弘明と共に部室に顔をだすと、室内には空腹を刺激する匂いが漂っていた。

「いいタイミング。ちょうどできたばっかりよ」

つくったのは当然有希江で、彼女は二人に昼食を並べてくれた。今日のランチはホワイトソースのオムレツ。具は鶏肉とブロッコリーで、ケチャップライスが添えられている。

子どもの味覚だと揶揄われつつも、英実はケチャップライスが好物だ。

一目でわかるほど顔を綻《ほころ》ばせた英実は、早速フォークを取ってオムレツを味わった。あっというまに皿の半分が消えていく様子に笑いながら、弘明が自分の分の一部を切って、英実の皿にふわんと置いた。

「ありがとう、弘明さん」

「どういたしまして」

名前を呼ぶのはまだ慣れなくて、少しばかり照れくさい。それでも呼ぶたびに弘明が嬉しげに微笑んでくれるので、早く慣れなければと思うのだ。

自分でも嫌になるほど頑固だし意地っぱりではあるものの、彼がどうして名前に拘るのかわかってしまった今となっては、敢えてするほど悪達者ではない。

笑ってくれるのが嬉しくて、英実もつられて笑顔になる。

だが、ここがどこかを忘れていた。

「ふううん?」

それを耳ざとく聞きつけた有希江が、ずいと顔を近づけてきた。

「英実ってばいつから『弘明』って呼ぶようになったのかなあ?」

にっこりと笑んだ顔の迫力が怖い。

「一昨日からです――けどっ」

目のまえにある美しい女性の顔に、英実は身体を退いてひたすら狼狽えるしかない。

莫迦正直に答えてしまった英実に、横にいた弘明が天を仰いで嘆息した。

「あれほどしつっこく『津曲』って呼んでいたのにね。どういう心境の変化なんだか」

「それは、あの。だって嫌がってる理由を教えてもらったから」

「あぁ、なるほど」

これは嘘やごまかしではないから、英実も自然に答えられた。

「それにしても急よねー?」

「有希江、メシのあいだくらい揶揄うのはやめとけよ。せっかくの力作が冷めるぞ」

「まぁた庇っちゃって。まあいいけど」

力作が冷めるという弘明の言葉は、有希江に効いたらしい。めずらしくもあっさりひき下がって、彼女も向かいに座り食事をはじめた。

「英実ってハンバーグも好きだったよね」

旺盛な食欲を見せる英実を楽しげに眺めていた有希江が、そういえば、と前置きして言った。

「はい。兄にもよく『子どもだ』って笑われるんですけど、ステーキハウスのハンバーグとかより、普通の、ケチャップかかったのが好きなんです」

「ふぅん、だったらプリン添えてあげればよかったわね。それともウサギ林檎《りんご》かな。簡易お子様ランチ、なーんちゃって」

「有希江さん、楽しそうですね」

「もんのすっごく楽しい。英実にお子様ランチって、似合いすぎるんだもん！」

想像したのか、「似合う、絶対似合う」と言いながら、有希江が遠慮のない声で笑いだした。そんなに笑わなくてもいいじゃないかと思うのだが、まるで発作のような笑いが収まりかけると英実を見てまた笑いはじめることのくり返し。

いつになったら収まるのだろう。英実は弘明に救いを求める。

「笑いすぎだよ、有希江さん」

「こういう奴だ、諦めろ。たぶん、林檎かプリンがでるたびに笑われるぞ」

「うわあ」

「有希江は笑い上戸でな。ついでに、一度握った人の弱みを一生忘れない」

ため息をつきながら言った弘明にも、どうやら憶えがあるらしい。

「なにそれ」

童顔は、英実のいささかならぬコンプレックスの元となっている。ずっとこのままだったりしたらどうしよう、三十歳や四十歳になってさえ、このままだとしたら。

社会人になった自分を想像してみると、首から下のスーツ姿が絶望的に似合わない。我ながらうんざりするような光景だ。

まるで七五三だと激しく悠貴に笑われた大学入学式の光景が、ありありと蘇《よみがえ》ってくる。

「嫌がらせに香辛料だらけのスープ飲ませようとするような奴だぞ。タイ風だとか恰好つけていやがったが、あれは絶対嫌がらせだ」

有希江が「デザートを用意してくる」と浮かれた調子でキッチンにさがっていったのを見て、弘明が声をひそめ、ぼそりと言った。

「うわ、そんな?」

「あいつとつきあえる度胸のある男は、本当に尊敬する」

「そこまで言うかな。弘明さんは、考えたことないの?」

「俺と、有希江とか?」

確認してくる弘明に、英実はこくりと頷いた。

だって、あれほどの美人だ。しかも、この弘明と対等に渡りあえるだけの才気をもっている。半端にプライドの高い男ならば臆《おく》してしまって近づけもしないだろうが、弘明ならば関係ない。

並んでしっくりとくる美男美女、おまけに幼馴染みだとかで二人とも、お互いをこれまたよく知っている。

有希江には恋人がいるけれど、それは現在の話だ。一度くらい、揺れたことがあるんじゃやないかと、ついよけいな勘ぐりをしてしまう。

「勘弁してくれ。俺の寿命を縮める気か？」

弘明が本気で嫌そうにするので、英実はつい噴きだしてしまった。

「そんなに嫌？」

「絶対、御免だね」

力一杯断言する弘明に、英実は目を丸くした。

「楽しそうに、なにを話してるのよ」

じろりと二人を睨んで、有希江は言った。

「なにも。おまえの料理は相変わらず美味いなって言ってただけだ」

空惚《そらとぼ》けた弘明にごまかされるほど、つきあいは短くない。

「幼馴染みをなめるんじゃないわよ」

有希江がふんと鼻を鳴らした。

「それが内緒で話すことなの？　褒め言葉は堂々と言えるでしょ。ごまかそうったって、そうはいかないからね」

がん、と乱暴にデザートの皿をテーブルに置いた。有希江はその音と視線とで二人を脅す。

「ところで英実。さっきの話の続きだけど。弘明と、ずいぶん仲良しさんになったのねえ？」

「え、あの、その、はい。まあ」

どう言ったらいいものか。ここで否定するのはおかしいし、けれど『おつきあいしています』などと暴露するのはとんでもない。

いちいちつまらないことで狼狽えるなと自分を叱咤《しった》するものの、頭の中はパニック寸前だ。自発的に好きになった相手とつきあうのもはじめてだし、しかも男。どこをどう間違ったところで「恋人です」なんて他人にはとても言えなかった。

仲よくなったという有希江の言葉に、もしかしたら他意はないのかもしれない。単に、会えば突っかかるような素振りばかり見せていた英実の態度が軟化したのを、面白がっているだけかもしれないのに、こちらにうしろめたい気分があるせいか、どうも裏があるんじゃないかと疑ってしまうのだ。

相手は弘明の幼馴染み、知られていいはずがない。英実はともかく、弘明の将来に不利になるようなことは、絶対にしちゃいけないのだと思う。

どうしよう、どうやって隠したらいいんだろう。おろおろと内心で狼狽えきっている英実に、弘明が宥《なだ》めるように頭を叩いた。

「あんまり英実を突つくな、有希江。おまえに免疫ないから、やりすぎると嫌われるぞ」

「免疫って、人をウィルスみたいに言わないでよ」

「ウィルスか、なるほど上手いな。たしかにおまえに取りつかれるとダメージがでかい」

「ちょっと！　どういう意味よっ」

話が逸れていくのに、英実はこっそりと胸を撫でおろした。

弘明の挑発に乗せられた有希江は、英実への追及を忘れて弘明に噛みついている。

二人のやりあいを尻目に、英実はデザートにと出された林檎のコンポートを平らげ、食べきった皿を纏《まと》めてキッチンに持っていく。どうにかいったん逃れることができた。このあと、どうするかは弘明と相談しなければと思いながら、水を流し洗剤をつけ皿を洗った。

この部室に集《つど》う男どもは有希江の教育がよろしいせいか、自分で使った食器は自分で洗うのが徹底されていて、おかげでシンクに汚れものが溜まるなどという恐ろしい事態は避けられている。

やっぱり、美味しかったなあ。

洗いおわった皿を片づけながら、英実はつくづく思う。有希江のつくったものと学食の味気ない食事などとは、比べようがない。しかも英実が学食で選ぶのはいつもいちばん安い定食だから、味気ないうえに代わり映えもしないのだ。

これが毎日続けばさぞ、胃袋が満足するだろう。けれどそうそう、他人の好意に甘えるわけにもいかない。

(そういえば、材料費も払ってないや)

いったい、誰がだしてるんだろう。今日は三人きりだが、いつもは英実だけじゃなく他のメンバーもお相伴《しょうばん》に与《あずか》っている。毎日こんなことをしていたら、破産してしまう。

では部費かと考えてみても、英実は部費らしきものを徴収された記憶がない。なにやら商売をしているという話だったから、その利益からでているのか。

「英実、ついでにコーヒー淹れてくれる？　三人分」

有希江の声に返事をして、言われたとおりに三人分を用意した。自分のものにはミルクをたっぷり、砂糖はなし。さて有希江と弘明はと考えて、はたと気づく。

有希江はもちろん、弘明の好みさえ英実は知らなかった。

遣《や》り手《て》の弁護士の息子で、自身もすでに司法試験を突破している秀才。大学に入るまえに二年、語学留学をしていたので、英語は得意。香辛料が苦手で、恰好よくて――英実に甘い。

彼について知っていることといえば、その程度だ。

いろいろ教えてくれるかな。考えながら、コーヒーを運んだ。

「ごちそうさまでした」

そう言いながら、有希江と弘明のまえにカップを置く。じっと手元を眺めていると、有希江は砂糖を多め、ミルクを少し。弘明はどちらも使わなかった。

よし、これで一つ憶えた。頭にしっかりと刻んで、英実も元の位置に座った。

「どういたしまして。ねえ、もう弘明と仲良くなったみたいだから、毎日ここに来てお昼食べてもいいんじゃない？」

「毎日、ですか？　でも材料費とか」

願ってもない話ではあるが、素直に頷けない。

「材料費は気にしないでいいの。それに、お昼をつくるのって私のバイトなのよ。だから英実がもっとマメに顔をだしてくれないと、収入に関わっちゃうの。よろしくね」

「バイトって?」

どういう意味だと首を傾げた英実に、弘明がしまったと目元を覆《おお》う。

「おい、有希江」

「おだまり、弘明。あのね、このお莫迦さんが『英実の食生活は見ていて忍びないから、なにかつくってやってくれ』って頼んできたの」

有希江の言葉に目を瞠《みは》り、英実は隣の弘明を凝視《ぎょうし》した。

「それって、あの」

説明してください。戸惑いながら英実が弘明に言う。

「説明って言われても、有希江が言ったとおり。学食でいつも見かけるたび、A定食ばっかり食ってたから、あれじゃ身体が保たないだろうと思ったんだよ」

「それで、有希江さんに頼んだんですか」

「ついでに、だ。こいつはここに材料持ちこんで、自分の昼メシつくってたからな。一人分も二人分も一緒だろうって頼んだだけだ。それに、たまに他の連中だって食ってたから、英実だけが特別ってわけじゃないんだよ」

サークルに誘ったときから、それを考えていたのだろうか。彼のせいじゃない理由で、嫌って避けてばかりいた自分を。

呆然としてしまって、言葉がでてこない。

「はいそこのお二人さん、見つめあうなら人のいない場所にしてくれない？　まったく、恋人みたいに仲がいいわね。もっとも、二人がつきあうことになりましたって言われても、別に私は止めないけど」

「有希江」

今度こそかちんと固まってしまった英実の横で、弘明までが慌てた。有希江はその様子をにんまりと赤い唇をつりあげて笑い、肩を竦めてみせる。

「要するに、これでまた一つ、弘明の弱みをがっちりキャッチってことでしょ？　ネタは多いほうがいいじゃない」

「そうじゃないよ。俺はただ、英実が可愛いだけ」

「あぁそう？　ふううん、まあそれならそれでいいけどぅ」

「あのな。英実とは家同士の経緯もあって、いろいろ大変なんだよ。頼むからこれ以上まぜ返さないでくれ」

「へえ？」

「ホントだって。嘘だと思うなら親父にでも聞いてみろ。それと英実、もう時間だろ。そろそろ大学に戻らないと」

逃がそうとしてくれる弘明に感謝して、英実は二人に頭を下げてほとんど飛びだすようにして部室から出た。ドアを閉め、そのドアに背を預けて大きく息をつく。

もっと、ポーカーフェイスとかできるようにならなくては。彼が弁護士になるのかどうか、どんな道を選ぶのか英実にはわからないけれど、自分が足をひっぱってはいけない。

「それにしても有希江さん、鋭すぎるよもう」

気をつけなければ。ばれるとしたら間違いなく英実のせいだ。あらためて決意する。

弘明を避けようとしていたくせに、彼を好きになると、あっさり祖母の気持ちに目を瞑ってしまえる。こんなに自分勝手な英実を、それでも好きだと言ってくれた。

だからこそ、これ以上弘明にはなんの負担もかけたくなかった。

＊　＊　＊

弘明はあのときの約束どおり、英実と一緒に祖母の墓参りに行ってくれた。日帰りの忙しい日程だったが、本気で墓のまえで英実が好きなのだと言ってくれたのだ。恥ずかしいやら申し訳ないやらで、英実は彼の腕をひき、早々に墓前から去った。

急に恋人のようにはなれない。だから距離をつめるのは少しずつだ。まずは弘明が過剰に英実を甘やかすのをやめさせるところからはじめたいのだが、これが結構な難関だった。

昼食だってだ。

弘明が有希江にアルバイト料を支払っていると聞いてしまったから、英実はもう昼食はいらないと一度は断った。そこまで、彼に負担させるわけにはいかない。

けれど弘明は頑として譲ってくれなかった。

大学の帰り、二人で早めの夕食に出たその場でも、話題は昼食についてになった。

「ついでだって言っただろう？　俺だって食ってるじゃないか。俺は英実と一緒に昼飯食いたいし、学食の不味い飯を食うのは御免なんだ」

「だったら、材料費も有希江さんに払ってる分も、俺にも負担させて」

「それは駄目」

「なんでっ」

不満だった。一方的に「される」だけというのは我慢ならない。まして英実は、自分が好きで貧乏生活をしているという自覚がある。

本当はアルバイト代からだせば充分すぎるような昼食が摂れるし、そもそものアルバイトだって本来は必要がない。昼食くらい、親からの仕送りで充分賄えるのだ。

悠貴の部屋にいるから家賃もかからず、学費はタダだ。おまえの生活費くらいならどうにでもできると言って、両親が毎月、充分な金額を送ってくれている。

弘明と和解したあと、悠貴が聞かせてくれた話がある。それは、旅館を手放す際のことだ。

『あの人を庇うつもりはないよ。でももう、そろそろ本当のことを知ってもいいころだ』

悠貴の言うあの人とは、弘明の父親だ。英実があまりに祖母を慕うので言えなかったけれどと言って、悠貴が事の次第を教えてくれた。

『うちは、そんなに困っていないんだよ。そりゃあ以前とは違うし、楽な生活とは言いがたいけど、父さんも母さんも再就職先できちんと働けているし、借金もないからね』

旅館を手放すと決めたのが、どうしようもなくなるまえだったことと、相手が提示した金額が借金を整理しても充分あまりある金額だったこともあって、すべてを失ったとはいえ、少なからぬ金額が手元に残った。従業員たちへの退職金も払えたし、彼らの行く末もおちついている。

『わかるか？　英実。父さんたちの就職さえ、津曲さんが面倒を見てくれたんだ』

ありとあらゆる手段を講じ、最大限にコネを使い、沢野家によかれと動いた。直接交渉にあたっていた悠貴は、それをつぶさに見ていたのだった。

『だから、あの人を恨んじゃいけないんだ。感謝こそすれ——ね。これはあの人への気持ちとはまったく別の問題だから、どうか信じてほしい』

路頭に迷わずにすんだのは津曲弁護士のおかげなのだと、複雑な笑みを見せて悠貴が語った。

津曲弁護士がそうした行動をとった原因はおそらく、悠貴のため。両親はもちろんそれを知らない。彼らはただ、思った以上の好条件に喜んだだけだった。もしかして言われた以上の価値があるんじゃないかとうがった考えさえして、この契約を反故にしかけたくらいに。

正当な価値だ、と津曲弁護士は言ったという。ただ、時期を待てば沢野の家はさらに困窮《こんきゅう》し、価格は下げられただろう。そうでなくても敏腕《びんわん》だという弁護士ならば、その気になれば交渉次第で対価を下げられたのに違いない。

歴史と伝統にあぐらをかいて、営業努力をしなかった。受けついだものをただ受けついだままにしていれば、どうにかなると思っていた。以前にも聞かされたそれが悠貴の両親に対する評価で、甘すぎるんだと、嘲笑ってさえ見せる。

すべてを明らかにしたせいか、悠貴は両親に対する感情を英実のまえで隠さなくなった。好きでも嫌いでもなく、ただ親だ。そうとしか思えないと、悠貴は言っている。

『あの人は、最悪の場合は長年培った信用さえ放りなげる覚悟だったんだよ。俺に、そんな価値なんかありゃしないのにね』

——だから。

おまえが遠慮する必要はない。せいぜい、脛《すね》くらいかじってやれと悠貴は言うのだけれど、英実にはできない。両親から送られてくる仕送りには、極力手をつけないようにしていた。

旅館の再建なんて、自分一人じゃどうしようもないとわかっているけれど、せめて少しでも倹約せずにはいられない。なにかの助けにくらいにはなるだろうし、まして津曲弁護士の温情で今があるとなればなおさらだった。

そんな事情だから、弘明が英実にまともな食事を摂らせたいという気持ちはありがたいのだけれど、素直に受けいれることはできない。

好意だとわかっているから、尚さら困る。考えこんでいた英実の耳に、弘明の声がとどいた。

「じゃあ、こうしよう。どうしても英実が俺に借りをつくるようで嫌だというなら、仕事で返してくれたらいい。有希江のアルバイト料も材料費も、かかる経費はすべて部の仕事のあがりでだす」

「それじゃ駄目です、今と同じじゃないですか」

「違うぞ？　少なくとも俺の懐《ふところ》はちっとも痛まない。他の部員連中も喜ぶし、有希江も収入が増えればありがたい。丸く収まるじゃないか」

英実と弘明のどちらも譲らないから、話はしばらく平行線を辿ったまま続いた。

とりあえず間をとって、英実が学食で注文しているA定食分の料金を払い、それを他の部員にも同様にする。これも英実が反対したのだが、弘明が「特例はなし」と譲ってくれなかった。材料費と有希江のアルバイト代は部の仕事から捻出《ねんしゅつ》するというので纏まりはしたのだが、どうも英実ばかりが得をしたような気がしてならない。

とにかく、弘明は英実に甘すぎる。贅沢な悩みだとは思いつつ、そのすべてを受けいれるのは、とてもできなかった。

「弘明さん、あんまり俺を甘やかしちゃ駄目です。ケータイのときだって」

携帯を持つことにしたのだが、それでも弘明と似たようなパターンで揉めている。

悠貴と共用の、アパートにひいてある電話には連絡しにくいだろうし、英実も悠貴が気になって話がしづらい。ちょっとした連絡ならショートメールも利用できそうだからと、弘明と同じ会社の携帯電話を持つことにした。

弘明はとても喜んでくれたのだが、そこから先が大変だった。

契約時の支払いで諍《いさか》いになった。自分のために買わせるのだから機種代くらいという弘明と、他の友人とも連絡するし使うのは自分だから自分で払うのが当然だという英実とで一悶着したのだ。そんなに言うならもう買うのやめる、と英実が怒ってどうにかその場は収まったものの、この先もこんなことが続くのかと考えると、目眩がしそうだ。

「俺は、弘明さんにこういうことしてほしくてつきあってるわけじゃないんだよ」

絶対に嫌だ。そういえば、悠貴と津曲の父親とも似たような揉めかたをしたと聞いている。やっぱり親子で似ているのじゃないかと言いそうになり、英実は慌てて口をふさぐ。それを指摘されるのが、たぶん弘明にはいちばん嫌なのだろう。

気遣ってくれるのは嬉しい。優しくされて幸せだと思う。けれど物質的なにかを満たしたくて、弘明と一緒にいるのではないのに。

これも、少しずつわかってもらうしかないのかな。

拗ねた弘明の顔を眺めながら、英実はこっそりため息をついた。

＊　＊　＊

二限を終えてぞろぞろと廊下に出る。学生の一群の最後についた英実は、誉田に背中を叩かれた。

「昼メシはどうする？」

「部室で摂るよ」

急ごうとする英実を、誉田がちょっと待て、と腕を掴んだ。

「怪しいんだよなあ、最近。おまえ、なーんか変だぞ。いったいなにがあったんだ？」

「なにって、別になにも」

ぎくりと顔が強張ったのを、誉田は見逃してくれなかった。

「最近、やけに浮かれてるしな。俺をごまかせると思うなよ？　ほれ、白状しろっ」

「ないない！　ホントになにもないって！」

誉田に詰められて、英実は必死に否定した。

「嘘くせーんだよそれ。なあ、おまえが彼女とつきあってるって言っても、怒らないから。そりゃちょっとは、面白くないけどな」

「いやそれ、ぜんぜん違うから」

　きっぱり、否定した。英実がつきあっているのは、誉田の片想いの相手ではないのだ。

「じゃあなんでだよ。おまえ、津曲さんだって嫌ってたんじゃないのか。だからサークルだって入りたくないだの行きたくないだの、さんざん文句たれてたくせに」

「そうなんだけどねー……」

　どう言ったものか。嘘はつきたくないけれど、真実も言えない。英実はどうにか言いのがれできる言葉を探した。

「ぎゃっ、ちょっと苦しいっておい離せってば誉田ッ」

　背後から首を腕に締めあげられて、英実は息ができないだろうと足をばたつかせる。

「だったら言ってみろ、ほれ」

「わーかった！　言う、言うから離せよっ」

「ぜんぶ言ったら離してやろう。ほら言え、さあ言ってみろ」

　まったくもう。英実は口を尖らせるが、背後から顔を覗きこんでくる誉田は、なんだかやたらと楽しそうだ。

「乱暴なんだよおまえ。あのね、俺が部室に通うのは、昼メシつくってもらえるからなの。そんで放課後のは仕事の手伝い。おまえ言ってたろ？　商売やってるって」

「ああ、まあ。あれって本当なのか」

「そうみたい。実は俺にもよくわかってないけどさ」

全貌は未だに謎だ。彼らも、英実に隠しているつもりではないらしい。今の仕事が一段落したら、次からちゃんと加わってもらうから、と説明されている。

「なんつーか、至れり尽くせりって感じだな、しかし。金になるわ飯はでるわ」

英実の話に、誉田が感想を漏らした。弘明とのつきあいは彼に言えないので、ただ誤解がなくなって親しくなれたとだけ伝えてある。

「そう思うだろ?」

サークルで動かしているという『商売』についてはともかく、昼食に関しては英実も同じ意見だ。

「昼飯もでるなんて凄いよな」

「俺がわびしい食事してるのを、見ていて切なくなっちゃったんだってさ。有希江さん、めちゃめちゃ料理上手くて、いつも食べすぎる」

「そりゃ、切なくもなるだろ」

「俺は普通のつもりだったんだけどなあ。それに、一食くらい抜いたって死にゃしないのに」

「そういう問題じゃないっての。まあ食えてるならいっか。一日や二日ならともかく、毎日あの食事だと思うと悲しくなるんだよ」

誉田が言って、長々と嘆息した。

「俺が横でまともな飯食ってるのが申し訳ない感じするんだよな」

「そういうもの？」

英実自身は、さほど気にしていなかったのだけれど。

「なる」

思いきり肯定されて、思わず苦笑が浮かんでしまった。

「ほら、俺もう行かないと。言ったんだから腕離せよ」

ようやく誉田から解放されて、英実は大きく息をつく。こほこほとわざとらしく咳きこんでみせて顔をあげると、廊下の少し離れた場所に見慣れた姿があった。

「あれ……？」

「どした」

弘明がいた。声をかけようとしたのに、英実の視線に気づくとふいと顔を俯かせてしまった。彼を呼ぼうとして思いとどまったのは、隣にいる誉田にバレやしないかという不安と、弘明がかいま見せた表情への戸惑いだ。

どうしてか不思議な表情だった。英実のまえではこのところいつも穏やかに微笑んでいるのに、今日は妙に強張ったような。

どうしようかと迷っているうちに、彼は去っていってしまう。

「津曲さんがいたんだけど。俺に気づかなかったのかなって」

「ふーん」

薄ら笑いを浮かべた誉田を、英実は「なんだよっ」と乱暴に肘で小突いた。

一緒に部室に行けなかったのが残念だけれど、どうせすぐに会える。敢えて危険を冒《おか》す必要もないかと、英実は考えなおした。

＊　＊　＊

こうなってわかったが、弘明はとんでもなく多忙な男だった。授業をこなしサークルの作業をし、弁護士になるための勉強も怠らないらしい。ときどきは父親の事務所へ行って、先の修業とやらもさせられているのだそうだ。

今までもずいぶん無理をして、英実と会う時間をつくっていたようだった。

それでも彼はマメに英実に連絡をしてくれる。二日に一度は必ず電話をくれるし、メールもうってくれていた。

ひとり暮らしの弘明の部屋を訪ねると、彼は穏やかな表情で迎えいれてくれる。けれど気のせいかもしれないが、少し痩せたようにも見えた。

「疲れてるんじゃないの」

頬のあたりが、削《そ》げたように思えるのだ。

英実もアルバイトの予定をぎっしり入れてしまっているから、夜にゆっくり会えるのは週に一度がせいぜいだ。約束をしていても、弘明に急用でもできてしまえば反故になる。なんとかその日だけは時間を空けようと、弘明が相当無理をしているような気がしてならない。昼間の空き時間や昼休みになら会えるし、あんまり無理をしないでと英実が頼んでも、「そんなことしていない」と笑うばかりだ。

誉田とふざけていた日の弘明の妙な表情については、聞けないままだ。その直後に会った彼がまるきり普通だったので、言いそびれてしまってそのままになっている。

まだ英実の気持ちのどこかにひっかかってはいるものの、気のせいだろうと思うことにしていた。なんとなく、訊くのが怖い。

「英実の顔が見られたから、疲れなんか吹っ飛んだ」

「また、そういうことを」

言う弘明は平気でも、聞いている英実は恥ずかしい。

「本当だよ。身体が疲れてくればくるほど、英実に会いたいって思うんだ。会って、声を聞いて、そうすれば気持ちが楽になる。それでまた次に会えるまで頑張ろうってさ」

「弘明さん、どうしてそんなに忙しくするんですか？」

父親に拘り、弁護士になるかどうか決めていないと言っていたことと、なにか関係があるのだろうか。

「性分かな。じっとしていられない」

それも嘘ではないのだろう。けれど本当でもない、なんとなく、英実は気づいた。ただそれ以上追及するのは憚《はばか》られる。

英実がどこまで訊いていいものか、わからなかった。あまり踏みこんでしまうのは、失礼になるかもしれない。弁護士になりたくないのかと訊くのは、彼の傷口に触れるように思えた。嫌われたくないし。

つきあうようにはなったものの、恋人と言われてもどうにもぴんとこない。未だに、弘明は英実のどこがよかったのかと不思議だし、弘明ばかりが物質的にも精神的にも無理をしているような気がしてしまっている。

どうしたらいいのだろうと、先日、有希江に相談をした。他の誰にも話せない。有希江にだって本当のことは言えないが、ただ彼女なら弘明がやたらと英実に甘いというのは知っている。なにより彼女は、弘明に詳しかった。

『弘明は加減がわからないのよ、きっと』

彼女はそう言った。英実を甘やかしたいのに、どうしていいかわからないんじゃないのかと、彼女は笑っていた。

有希江がバイトの件を英実に話したのも、そういう弘明の態度に苛々したからなのだそうだ。

『一方的にあれこれされたら、気が重くなるだけなのにね。まったく、あそこまで莫迦だとは知らなかったわよ』

弘明の行動はまるで「初孫ができた祖父母の怒濤《どとう》の甘やかし」にそっくりだと、有希江は呆れていた。

英実には、彼にそこまでさせるだけの価値がない。だから怖い。もし嫌われてしまったらと思うとぞっとして、動けなくなってしまう。

あのときに見た表情の理由を訊けないのも、もし彼の口から否定的な言葉を告げられたらという、臆病な気持ちゆえだ。

「こっち、来て」

夕食はごく軽く、簡単につくれるもので済ませた。食後にテレビを点けてぼんやり眺めながらお茶を飲んでいると、弘明が英実を手招いた。

どきん、と心臓が跳ねあがる。英実はそろそろと近づいて、ソファでくつろぐ弘明の足元へぺたりと座った。

距離が近づいてしまうと、なんだか緊張して顔が見られない。どきどきと速い脈を意識して、英実は俯いた。弘明が小さく笑う気配がする。

肩にそっと手のひらが触れただけで、びくりと身体を震わせてしまう。

「そんなに怯《おび》えなくてもいいだろ」

「怯えてる……わけじゃ」

違う。怯えてるんじゃない。

「じゃあどうして？」

英実の反応に、肩に触れた手はすぐに離れていってしまう。その温かさを追いかけてしまいたいのに、できなかった。

いちいち緊張したり震えたりするのは、もしかしたらと思ってしまうせいだ。英実と弘明とのあいだにはまだキスと、軽い抱擁《ほうよう》くらいで。

どうも触れるのが好きなようで、弘明はよく髪や頬、肩や腰に触れてくる。他意はなさそうなそれに、英実が大仰《おおぎょう》に反応してしまうものだから、「なにもしないよ」と手を離されることがたびたびだった。

意識過剰なのだと、自覚はある。

（つきあうっていうことはつまり『そういうこと』もするんだろうな）

ぼんやり考えてはみるものの、想像しただけで脳が沸騰しそうになるのだ。

女の子と身体を重ねたときは、そんなに恥ずかしくなんてならなかったのに。やっぱり、男同士だからだろうか。

弘明が触れてくるたびにそんなことを考えているものだから、つい動揺してしまうのだった。期待、しているのだろう。英実だって男だし、人並みの欲求はある。けれどそればかりを求めているような自分が、想像して勝手に緊張している自分がなんだかとてつもなく淫《みだ》らなようで、とても彼に知られたくないと思ってしまうのだ。

弘明はなにもしないのに。もしかしたら、キスや軽い接触だけで満足してしまっているかもしれないのに。

「誉田って奴とは仲がいいの」

背後から、弘明が言った。英実がふり向くと、彼はひょいと肩を竦めてみせる。

「よく一緒にいるところを見かけるからさ」

「大学入っていちばん最初の友達かな。今のバイトも、あいつの家から紹介してもらったんだ。ちょっと軽いしナンパ好きだけど、いい奴だよ」

がさつに見えて、案外と気遣いのこまやかな男だ。英実の事情を知っていて、それこそ昼食もバイトでも、ずいぶん助けてもらっている。

「サークルに入りたかったそうですよ。好きな子がいるからって言ってた」

「……ふぅん、そう」

誉田は、新しい恋新しい恋と口癖のように言うくせに、例の彼女をなかなか諦めきれないようだ。なんとかならないものかなとお節介なことをつい考えてしまった英実は、弘明が零した声が固かったのを、つい聞きのがしてしまっていた。

それほど、英実ははじまったばかりの恋に浮かれていたのだ。

＊　＊　＊

バイト仲間の都合で、今週は二日間休めることになった。その代わり来週の休日に出るということで、めずらしく連休ができた。

二日間、なにをしよう。弘明にはゆっくりしてもらって、二人きりでのんびりすごしてもらい。多忙な彼を連れまわすのは申し訳ないから、夕食で腕を奮ってみようか。アルバイト先で覚えたばかりのレシピをあれこれ思いうかべて、英実は弘明の姿を探した。

授業を終えて出てくる弘明を捕まえて早速報告すると、彼は「う〜ん」と返事を渋った。喜んでくれるかな、と浮かれて一分でも早く話したいと急《せ》いていた気持ちが、たちまち萎《しぼ》んでいく。

「駄目、ですか……?」

いつも自分の都合にばかりあわせてもらっていたから、弘明にも外せない用件があるというのが頭から飛んでしまっていたらしい。

「ごめんね」

「そんな。忙しいのに、いいですよ」

弘明が謝ることじゃない。勝手に、英実が浮かれていただけだ。残念だけれど、彼には彼の生活がある。英実の何倍も忙しいのに、気遣わせてはいけない。

「また、次の機会にでも」

急いでいるらしい弘明とは、ろくに話もできなかった。本当にごめん、と言って弘明は急ぎ足で去っていく。

（そうか、忙しいんだよね）

彼がどれほど忙しいか、知らされたばかりだというのにだ。

弘明は自分から忙しいとは言わなかったので、機会をみて有希江に訊ねてみたのだ。きっかけは、やはり昼食の件だった。

「ねえ有希江さん。ここの仕事って、そんなに儲かるんですか」

昼食代はサークルの部費でだすと言った。どれほどか知らないが、マンション自体の家賃だってあるだろう。この設備にしても、まるで小さな会社のように整っていた。毎月の部費を徴収して賄えるような金額ではないだろうとは、英実にだってわかる。

「儲かってる、かな。個人収入も結構あるから、正確にはわからないの」

「同じ学生なのに、そんなに違うのかぁ」

ここに集まっている面々は全員大学生、つまり英実とさほど年齢の変わらない人間ばかりだ。頭のいい人たちとはそんなに差がつくものなのかと、英実はつくづく自分との能力差を思い知らされてしまった。

「学生起業家なら、もっと凄い人いるわよ。億単位の年商をあげてるチェーンのオーナーとか、いろいろね」

「うわ、ホントですか？　それ国内ですよね」

外国での事例なら、英実も耳にしたことはある。自分と同じ日本の大学生でもそこまでできるのかと、もはや遠い世界の話のようだ。

「興味があるなら調べてみたら？　沢山とは言わないにしても、そうめずらしくはないのよね。その分、失敗する人も多いようだけれど」

「……はー……」

ちなみに今、ここではなにをしているのかと英実が訊ねると、「輸入代行」と端的な答えが返ってきた。

「幾つかの大学と共同で、学生向けにはじめてみようって企画。今は扱う商品を選んでいる段階。私たちくらいの年代の子が好きそうなものはなにか、とか、そういう調査をしているところよ」

「あぁ、それじゃこないだから頼まれてた名簿の入力って、ＤＭ用ですか」

「正解。弘明は他の学校の人たちとの打ちあわせやら下準備に走りまわってるの。他の連中もね、おかげで部室に誰も居着かないのよねぇ」

つまんなぁいと言ってぷっと膨《ふく》れた有希江に、彼女はどうして外に出ないのかと訊ねてみれば、「体力使うのは好きじゃないの」とのことだった。

それが、サークルの事情であり弘明がますます忙しい理由の一つだ。

英実は彼らの仕事のほんの一端くらいしか知らない。けれどその一端だけでも、弘明がいかに多忙かは容易に想像がつく。

だから、二日間の連休とはいえ、外に出かけようとは考えていなかった。それでも、英実がいれば弘明も気を遣ってしまうだろう。

本当は、泊まってもいいかと訊ねてみるつもりだった。それは、英実の精一杯の「誘い」だ。わかってくれるかなと勝手にどきどきしていた自分が、もの凄く恥ずかしい。

莫迦だなあ。つくづく、英実は自嘲する。おかしなことを考えていたのがばれずにすんで、却ってよかったのかもしれないと思いなおす。

(いやらしいなんて、思われたくない――よね)

優しいキスは何度ももらった。それで満足すればいいのに、次も欲しいなんて図々しい。心にしこる淋しさなど、自分勝手なものだろう。

「さて、連休なんて久し振りだし。なにをしようかなあ」

自分に気あいを入れようと、敢えて声にだして言った。

連休はこれきりじゃない、英実のシフトが変われば、また今度がある。またあらためてお願いしてみようと考えていたのに、まさか二度三度と同じことが続くとは思っていなかった。


「……また、いないんですか?」

部室に行くと、有希江と数人だけがたむろしていた。ここ数日、弘明の姿はない。

「そうなの。連続サボりなんて、どうかしてると思わない? 英実、なにか聞いてる?」

「俺はぜんぜん。このところ、あんまり連絡とってなくて」

毎日のようにあった電話が、ぴたりとやんでしまったのはいつごろからだろうか。

ちょっとおいでと手招かれて、英実は有希江と共にキッチンスペースへと入った。

「喧嘩した?」

「してません。俺がなにか怒らせたのかもしれませんけど」

「心当たりは?」

「ないです。でも、約束してたのが、いくつか駄目になってる」

英実のバイトがない日にどこかへ出かけようかと話をしていた。以前のように誰かに頼まれたものじゃなく、最初から二人で楽しむためにと言われて、英実は次の休みにと楽しみにしていたのだ。

特に日取りを決めていたわけではないが、休みになっても、弘明からはなにも言ってこない。それどころか、しばらく忙しいんだとすまなそうに言われてしまう始末だ。

会えば相変わらず優しい。電話の声も変わりない。けれど、顔を見る機会も声を聞く回数も、極端に減ってしまっている。

贅沢なのかなとは思う。そうそう英実のために時間は割《さ》けないだろう。サークルにだってでてこないくらいだから、ましていつでも会える英実に空ける時間など、今はないのかもしれない。

（そう思いたいんだけど……、でも）

たぶん違う。理性ではない部分で、違うとわかっている。

「ふぅん、英実も放っとかれてるのか」

困ったと零して、彼女はため息をついた。

「実はね、例の仕事が本格的に始動できそうなのよ。でも、あいつがいなきゃ進まないのよねえ」

三日よ三日！　と有希江は指を三本立てて英実に突きつけてくる。丸三日、連絡がつかないということのようだ。

「輸入代行っていう話でしたっけ」

「そう。商売のタネ。なーにやってんのかしらね」

有希江は本気で困っているようだ。どうやら重要な案件を投げだしたままという状態らしい。

弘明は課せられた責任を放りなげられる人じゃない。それができるなら、とうに「跡継ぎ」のコースから外れられたのだ。

(俺がいるから、ここに顔だせないんじゃないのかな)

ふと頭をよぎったその考えは、英実の脳裏から離れない。

どうしよう、もし本当に自分が邪魔をしているのだったら。

彼と会うたび、次はもしかして身体を重ねるんじゃないか、言われたらどうしようとそんなことばかり考えていたのに気づかれて、呆れられたのかもしれない。

急激になだれこんだ英実の感情の重さに、ついていけなくなったのかもしれない。……ぐるぐると頭の中を、暗いものが浮かんでは消える。

「今すぐどうこうって問題じゃないんだけど、どうなってるのか気になってね。英実、もし弘明に会ったら、せめて報告くらいしろって伝えてくれる?」

「……はい」

会えるかどうか、わからないけれど。

＊　＊　＊

一度取りついた暗い影は、執拗《しつよう》にこびりついて離れてくれなかった。こうなると今度は、英実のほうが弘明を避けるようになる。

決定的な言葉を聞くのが怖くて、会わないように会わないようにと弘明のいそうな場所をひたすら避けてまわった。

弘明とつきあいはじめてから買った携帯電話も持たず、電源を落としたままだ。番号を知っているのは彼だけなので不便はない。かかってこないと液晶画面を見てがっかりするよりは、はじめから電源を落としてしまっていればいい。

英実からかけた電話に、冷たい声を返されたら。それが怖かった。

サークルにも顔をださず、図書館にも行かない。授業の合間はあちこちの喫茶店で時間を潰し、夜はアルバイトを増やした。

様子がおかしいと気づいているらしい悠貴も、今回は静観してくれている。一度きり、どうかしたのかと訊ねられたけれど、「なんでもないよ」と答えたら、それきり訊いてはこなくなった。

土日を留守にしたいが構わないかと言われて、英実はもちろんだと答えた。

「あの人と会うの？」

弘明の父親と会うのかと、英実はつとめて明るい声で訊ねた。

「……うん、まあ。でも英実が嫌なら」

「なんで？　俺はぜんぜん構わないよ。仲がよくていいんじゃない？」

「莫迦、兄貴を揶揄うな」

英実の軽口に、気遣わしげな素振りを見せながらも、悠貴がのってくれる。

「それじゃ戻ってくるのは日曜なんだね。夜、遅くなる？」

「……そう、かな」

「ごゆっくりどうぞ。なんだったら、もう一泊してそのまま会社行ってもいいよ。それとも、こっちに泊まってもらう？」

悠貴がいないなら土曜日のバイトは遅くなっても大丈夫だろう。英実は話しながら考えていた。もう、悠貴が隠したがっていたことも明らかになったのだし、弘明の「脅し」とやらも無効だろう。ものすごく狡いけれども、これを機会に深夜バイトを許可してもらえないかなとも思う。

そうすれば、長い夜もなくなる。弘明と会えないのもアルバイトのせいだと思いこんでしまえたら、いつかきっと自然消滅のような形になるかもしれない。

これほど、臆病になるなんて。自分の狡さに、吐き気がしそうだ。

もう、諦めてしまおうか。

弘明を忘れてしまえばいいんだろうか。彼が連絡をくれなくなったのはきっと、英実が無意識のうちになにかしてしまったせいだろう。理由なく、冷たくなるような人じゃない。彼の気分を害するようなことをしていたのに違いない。

　ああきっと、あれもそうだったのかな。

　誉田とふざけていたあの廊下で見せた、弘明の顔。きっとあのころから、なにかあったのだ。そのときに怖がらないできちんと訊ねておけばよかった。そうしたら、もしかしたらこんなことにはならなかったかもしれないのに。

　今さらのように、後悔が心を占める。

　あれこれと思いうかべて、それでも脳裏にあるのは優しかった弘明の姿ばかりだ。甘すぎるなんて言っておきながら結局、英実はその彼にずるずると甘えてしまっていた。

　莫迦みたい、だな。

　苦しくて、切ない。突きささる痛みに、胸を手のひらで掴んで堪《こら》えた。

＊　＊　＊

　店長に頼んで、アルバイトの時間を深夜二時にまで延長してもらった。とりあえず一度は試してみたい、無給で構わないからと言うと、二つ返事で承諾してもらえる。

「働いてもらう分、時給はだすよ。これを機会に、このまま延ばしてもらえるとありがたいんだけどねえ」

「俺もそう思います。兄もそろそろ許してくれるんじゃないかと思いたいんですけど。あっ、今日はまだ内緒です」

英実はちらりと舌をだして言った。

土曜の深夜はいちばん混み合う時間帯で、目がまわるほどの忙しさだ。延長した時間もあっというまにすぎていき、へとへとの身体をひきずって、どうにか自転車にまたがった。

静かな住宅街を自転車を漕ぎ、灯の消えたアパートのまえにたどり着く。息をついて自転車を停めると、英実は鞄を探って鍵をだした。

「遅かったな」

暗がりで見えなかった。いきなり声をかけられ、英実はぎくりと身体を強張らせる。

空耳、なのか？

「英実？」

訝る声。紛《まぎ》れもない、弘明のものだ。

「どうしたんですか」

どうしてここに。いつから、待っていたのか。今日にかぎって連絡もなしに現れるなんて。様々な疑問が渦を巻くけれど、訊けばためこんだ感情を迸らせてしまいそうで、英実は懸命に平静を装った。

「どうしたって、連絡がつかないから来たんだよ。携帯の電源、落としっぱなしだろう。留守電にメッセージ入れておいても、リターンがこないし」

「すみません、ちょっとうっかりしてて」

このところ忙しくて、忘れていた。言い訳をしながら、英実は鍵穴に鍵をさしこむ。弘明から逃れたいと焦る気持ちのせいで、なかなか上手く入らない。

ぐっ、と手を掴まれて、鍵が落ちる。ちゃりん、と金属の音が静かな夜に響く。英実から手を離した弘明が屈んで鍵を拾い、自分のポケットに入れてしまった。

「鍵、返してください」

「話があるんだ。俺のところへ来てくれないか」

「でも」

「悠貴さん、いないんだろう?」

喧嘩をしていたわけじゃない。会えなくなったのも、唐突だった。だからここで頑なになっては変に思われてしまう。

迷って、英実は頷いた。

「うちじゃ駄目なんですか?」

「駄目。俺がおちつかない」

抗う隙《すき》もない。今日の弘明には、どこか冷え冷えとした雰囲気があった。

やっぱり怒っているのだろう。英実がなにかをして怒らせたのに、連絡を絶つような真似をしたせいだろうか。

深夜の空いた道路を通ると、車ではさほど遠くない弘明のマンションへはすぐに着く。ひとり暮らしだというのにファミリータイプのマンションの一角に、彼は部屋を借りていた。

「やっと会えた。バイト、いつから深夜もいれるようになったの」

「今日はたまたまです」

弘明の声はまるで詰問するようで、英実もついつられてむっと顔を顰めた。

「聞いてなかったけどな。悠貴さんから、許可がでたのか」

「でてないよ。でも今日は泊まるって言っていたから。忙しくて人手がないのに、暇な俺が手伝ったって、いいじゃないですか」

弘明さんには関係ない。言わなくてもいい言葉が、口をついてでた。

「関係ない……か。それで、ケータイも切ってたのか。俺の声聞くのも、鬱陶しかった？」

弘明の声は冷たく、表情は厳しい。笑ってはいるのに、瞳は射るように英実を見つめてくる。

我慢、するつもりだった。なんでもないとすませるつもりだった。けれど、こうまで言われてしまえば、英実にだって言いたいことはある。

（俺が、どうして逃げまわっていたと思ってるんだ）

弘明を怒らせたのだと思っていたからだ。彼が自分に会いたくないんじゃないかと考えていたから、決定的な言葉を聞きたくなくて逃げていたのに。

「……だって、最初にいなくなったのは弘明さんだよ？」

きっ、と英実は彼を睨みつけた。

「あなたが連絡してくれなくなったんじゃないか。約束——だって、楽しみにしてたのに、いつのまにかなくなったことになってた」

だから、逃げた。震える声で、英実は告げた。

「待って。それは」

「待たない。どうして？　なんで俺ばっかりに怒るの。怒ったんなら、理由を言ってくれたらよかったのに。黙っていなくなるなんてひどい」

どうでもいいなら、もう放っておいて。もしかしたら悠貴にまたなにか言われたのかもしれないけれど、今度こそ、その気がないなら離れていてくれたらいいのに。

また——、期待してしまうから。こんなふうに、迎えにきたりしないで。

目頭が熱い。泣きだしてしまいそうなのを、必死で堪えた。

「ごめん。ごめんな、英実。悠貴さんにも怒られたんだ」

謝られて、今度こそ英実の心臓が凍りついた。

やっぱり、……そうだったのか。彼は、悠貴に言われて英実を迎えにきたのだ。

僅かな期待が、泡のように消えていく。

「莫迦、違う。そっちじゃない」

慌てた声が聞こえ、強く抱きしめられる。腕の強さに、英実はなにが起こったのかと戸惑った。

「ぜんぶちゃんと話すから、聞いてくれるよな？　いろいろみっともなくて、あんまり暴露したくないんだけど」

「みっともないって、なに？」

「だからぜんぶ」

額にキスをくれながら、弘明が口を開いた。

手を離せば逃げてしまうとでもいうように、彼はしっかりと英実を抱いたままだ。二人して敷きつめた絨毯《じゅうたん》の上に座る。弘明は言葉を選びながら一つ一つ、教えてくれた。

「だから、妬《や》いただけ。俺が少しでも触ると狼狽えるくせに、他の野郎だの有希江だのとは平気でじゃれてただろう？　焦らないなんて恰好つけた手前、無理じいもできないしな」

触れるたびに英実がいちいち大仰に驚くので、やっぱり嫌なのかと手をだしあぐねていたのだと、弘明が言った。

それに、誉田が英実を好きで、英実もそれを承知で一緒にいるのかと疑ったのだとも。

「違う、それぜんぜん違うよ？　誉田が好きなのは、俺より少しまえに入ったあの子、飯倉《いいくら》さん」

いったいどんな誤解をされたのか。英実は慌てて弁明した。他人の恋を勝手に話すのは気がひけるが、この際、誤解をとくのが先決だ。

すべて伝えると、弘明は小さく長い息をついた。

「そうだったのか」

「嘘なんか言わない」

「うん、……そうだね。俺はそういうもので妬いてたんだ。勝手に誤解してたね。誰かが英実に触るたびに怒鳴りそうだったし、英実の気持ちははっきりしないだろ。苛々しておちつかないから、このままじゃ襲っちまいそうで、冷静になろうと思っただけだ。不安にさせて、ごめん」

「はっきりしないって、どうして？」

英実の気持ちは、こんなにも固まっている。今さらどうして、そんなふうに言われるのだろう。

「俺は、英実から返事もらってないよ。なんとなくつきあうようにはなったけど、もしかしたら流されてるんじゃないかとは疑ってた。まえの二人だっけ？　そのときと同じかもしれないってさ」

どちらかが女なら、それでもいい。男同士な分、本当になにもかも自分のものにしてしまっていいのかと迷った。性別を曲げてまで、英実の気持ちを置きざりにしてまで奪いとるような真似を、してはいけないんじゃないかと、ずっと迷っていた。

弘明の言葉に、英実はあっ……と、ようやく気づいた。

そういえば、言っていない。てっきり自分の気持ちを伝えたつもりでいたけれど、彼が察してくれていただけで、実際にはなにも伝えていない。

(——俺のせいじゃん、ぜんぶ)

気づいたとたん、果てしなくおちこんでしまう。弘明が不安に思うのも、距離をとろうとしたのも、ぜんぶ英実自身のせいだったのだ。

それを、勝手に怒っていたなんて。

「ごめんなさい。あの、俺。言ったつもりでいたんだ。ずっと、弘明さんが好きだったって。好きだって言ってもらえて、本当はもの凄く嬉しかった」

弘明に受けいれてもらえた嬉しさで、相当浮かれていたらしい。誉田たちに言われてもしかたがない。こんな大切なことまで、頭の中から綺麗さっぱり消えていたのだ。

「本当に?」

「本当です。だから、最初は悠貴たちのために俺に親切にしてくれたんじゃないかって思って、すごくつらかったんだ。それと」

言葉を切ったのは、さすがに恥ずかしかったせいだ。うっすらと顔を赤らめて、英実は弘明の肩口に顔を伏せた。

「触られる、のも。嫌だったからじゃなくて、すごく意識しちゃって、どうしていいかわからなかっただけ。俺、いつそうなるのかなって、そんなことばっかり考えてた」

だから毎回いちいち跳ねあがっていたのだ。他の誰かなら、なにも気にしなくてすむのに。

「ごめんなさい」

もう一度謝った言葉は、弘明の唇に吐息ごと吸いこまれていく。いきなりの深いキスに、息さえできない。

奪われた唇も、強く抱きしめてくる腕も。痛いくらいなのに、けれどぜんぜん嫌じゃない。彼に触れられたところから、もう堪えなくていい気持ちが流れだしていく。

熱を与えられて、気持ちを返して。

「ふ……っ、う……ん――」

とん、と背中が床にぶつかる。仰向けに倒された英実の上に、弘明が覆いかぶさってきた。両脇に腕をついて、そっと顔を近づけてくる。

「俺はもう、我慢しなくていいのかな?」

「うっ……、ええと、……はい」

直球の言葉に、今度こそ真っ赤になりながら、英実は答えた。

ベッドに行こうと囁かれて、抱きしめられた腕の中で英実は小さくもがいた。

「あっ……あの！」

腕の中で身動《みじろ》ぐ英実を逃がすまいとするように、さらに腕の力がこめられる。

「なに？」

耳朶を食んでくる唇に、身体がびくっと緊張する。ざわりと肌が粟立《あわだ》つ感覚が走りぬけ、とっさにぎゅっと目を瞑ってしまう。鼓動が煩いくらいだ。ぴったり重なった胸を伝わって、彼に聞こえてしまわないだろうか。

眦にも、柔らかい唇が触れた。

「風呂、入りたいんですけど」

おどおどと狼狽えながら、英実が懇願した。

「バイト帰りだし、――その」

忙しく働いた分、汗もかいている。髪にも店の雑多な匂いが染みついてしまっているだろう。

それになにより、この爆発しそうな心臓をどうにかしたい。

逃げるための時間稼ぎというのではなく、ほんの少しだけ時間がほしい。

「勢いで押したおさないと、やっぱり駄目って言われそうなんだよな」

「言わないよ」

俺だって望んでいたと、ちゃんと伝えた。触れてくれない弘明に、自分では駄目なのかと思いさえしたのだ。わかってもらいたくて、英実は懸命に話した。

髪に口づけた弘明は、「だったら一緒に入る？」とふざけた口調で言った。

「冗談！」

考えただけで、頭に血がのぼってしまう。

「どうせなら、一緒に入ったほうが手間が省けるだろ」

「省かなくていいっ」

弘明の胸元を両手で押しかえすと、彼はくっくっと喉で笑った。

「行っておいで、俺も交代で入ろう。着替えはどうする？」

英実を解放してくれた弘明が、真新しいタオルを渡して訊ねてくる。

英実は少しだけ考えて「いらない」と断った。

「どうせ、脱ぐでしょう？」

「言うねえ」

「女の子じゃないから」

想像するまでもなく、目のまえで脱ぐほうがよほど恥ずかしい。

どうにかまともでいられたのはそこまでだった。服を脱衣所に置きシャワーを浴びるだけでも、これから抱きあうのだという事実で頭がいっぱいになってしまい、とてもおちつくどころじゃない。やけに熱心に身体を洗っている自分に気づいて一人で赤くなったり、とうに乾いた肌をいつまでもタオルで擦っているのにはっとなったり、あたりまえの行動さえ覚束《おぼつか》なくなっている。

「しょうがないよな」

女の子となら経験はあるにしろ、される側にまわるのは、まして好きな相手と肌を重ねるなんてはじめてなのだから、緊張して狼狽えても当然だ。英実は自分を納得させた。腰にタオルを巻いただけの恰好でそろそろと歩いて寝室のドアを開けると、弘明が交代でバスルームに向かう。

(ここまではいいんだけど)

どこにいようかと考えて、結局ベッドの縁にすとんと座った。長身のためだろう大きなベッドが壁際に沿って置かれていて、他にはクロゼットとナイトテーブルが置かれているだけ。迷おうにも、他に選択肢がない。

ナイトテーブルには読書灯と、読みかけらしいハードカバーが伏せてあった。

ふう、と英実は淡い息をついた。

弘明が迎えにきてくれた。英実は諦めようとさえしていたのに、彼は訪ねてきてくれた。そのことが、今さらながらに嬉しくてたまらない。

今度こそ。もし次になにかあったら——、もうなにもないといいのだけれど、もしなにかあったとしたら、自分から行動を起こさなくてはとあらためて思った。

弘明が好きだ。本当に、あの人が好きだと実感する。

「それにしても……なあ」

風呂に入るのもこの恰好も、同性ならば旅行でもすればよく目にするもので。だから大丈夫だと暗示をかけてみるのに、自分自身は騙せない。

ただの男同士じゃなく、好きな相手だから。身に纏うものがなにもない状態を晒すのは、心細くてたまらなかった。

細い肩。骨格の目立つ、女の子のような丸みのない身体。自分で眺めおろしても貧弱で、これといって彼を惹きつけられるようなものなどなにもない。

この家には何度か来ているが、寝室に足を踏み入れるのははじめてだ。ここで毎晩彼が眠っているのだと思うだけで、じわりと身体が熱くなってくる。

どのくらい待っただろう。一瞬にも、永遠にも思える時間をすごしたあと、弘明が戻ってきた。暗がりに浮かぶシルエットに、どきりと胸が痛くなる。

彼は英実の横に座ると、英実の髪にそっと指をさし入れた。

「ちゃんと乾かしてないだろう。髪がまだ湿ってる」

「冷たいですか？」

勢いで髪まで洗ってしまったのはいいものの、ドライヤーを借りていいのかどうか訊くのを忘れていたのだ。いつも洗いっぱなしだから構わないかと、タオルで水気を拭っただけだった。

冷たいと嫌かな。不安になった英実に、弘明が「莫迦だね」と笑った。

「なにを気にしてるんだか。俺は、英実が風邪ひかないかって思っただけだよ」

「悠貴と違って、丈夫です」

だから平気だという言葉が、重なった唇に塞《ふさ》がれてしまう。キスを交わしたまま、身体がとんとベッドに倒される。

「好きです——」

呟くように言うと、彼の腕が英実の身体ごと強く抱いてくれる。肩口に顔を埋めて、英実は何度も囁いた。言わなかった分、同じ言葉をくり返す。

キスをしながら、二人してベッドの中央に身体を伸ばす。覆いかぶさる弘明が英実の脚のあいだを膝で割り、脚を絡めてくる。

肌が擦れて、ぞくんと総毛立つような感覚に支配された。

「……あ…っ………」

肩口に触れた唇が、鎖骨を食む。首筋をちらりと舐めながら、手のひらが脇腹を擽《くすぐ》ってくる。仰向いて横たわったシーツの上で、英実は身体をうねらせた。

恥ずかしいなんてものじゃない。弘明の手が指が身体のあちこちを探り、丹念な愛撫を施してくれるたび、どうかしたんじゃないかと思うほど感じてしまう。ごく淡い、産毛を逆撫でるようになぞられただけで、腰のあたりが熱くなる。

いちいち過剰に反応してしまう自分がたまらなく恥ずかしくて、英実は耳まで赤らめた。そのくせ、はじめて味わう感覚に溺《おぼ》れてしまい、身体はもっと彼を欲しがる。

ちゅっと濡《ぬ》れた音がした。弘明の唇が胸を這い、乳首を見つける。小さく柔らかなそれを口に含むと軽く吸いあげ、歯で挟んで擦る。最初は擽ったいだけだったのに、だんだんとおかしな感覚が混じってくる。

むず痒《がゆ》いような、もどかしい快感。ぷくりと膨らんだそれを舌で舐め、押しつぶすように揉まれて、下腹部までその感覚がとどいた。

（やだ……っ）

下肢のあいだにあるものが、どくんと脈打ったのを感じた。尖った乳首を弾かれ、はしたなく腰が跳ねあがるのに、英実は悲鳴めいた声をあげる。顔を埋め、身体をぎゅっと縮めてしまう。

「どうしたの？」

掠れた声が、英実の耳に囁く。

「恥ずかし……っ。なんか、おかしいよ」

「どうして？」

英実が受けているのがたしかな快感だと、彼には知られてしまっているだろう。動くたび、腹部に擦れる英実のものが形を変えはじめている。

「気持ちよくなるようにしてるんだから、おかしくなってくれたら嬉しいんだけどな」

くすくす笑いながら、弘明の手が肩から腕を撫でた。

唇に、胸に、下腹に。内腿の柔らかい部分にもっときわどい部分にさえ、彼の記した赤い痕が散らばっている。

ひりひりと痛いほど尖りきった胸は、弄《いじ》られ吸われて赤く腫《は》れている。擦れるだけで痛いくせに、そのくせ放っておかれるとむずむずと疼いてしまうのだ。

「――――ん、ぁ…………っ」

英実の弱いそこを口に含みながら、彼は下肢へと手を伸ばした。屹立《きつりつ》して堅くなったそれを手のひらで包み、そっと揉みしだく。

「ひ、……ぁ……………やだ……………あぁああ…………ッ」

手で弄られ、唇にあやされて、英実は追いあげられ、達した。弘明のやりかたは丁寧で、けれど容赦がなく、英実をこれまで知らなかった場所へと強引に連れていってしまう。

くったりと脱力しきった身体は、汗と体液に濡れていた。放埒《ほうらつ》の余韻にぼうっとしている英実の頬にキスをすると、弘明がそろそろと手を下ろし、英実の下肢のあいだをまさぐった。とっさに脚を閉じようとして、「力を抜いて――」と宥めるような声に言われてしまう。

「だっ……て、あっ………」

男同士で身体を繋ぐのはどうするのか、朧気にはわかっていた。けれど実際にその指で尻肉を拡げられ、後孔の入り口に指が触れたとたん、どうしようもなく身体が震えた。

身体を委《ゆだ》ねる怖さを、はじめて知った。

弘明は急がず、じっくりと時間をかけてそこをあやした。たっぷりと濡らした指をそっと入れ、内で静かに動かす。英実が僅かにでもつらがるとすぐに止めてくれる。

少しずつ異物感に馴染みくつろいでいく後孔を、彼の指が退いては侵し、また退いていく。そのあいだにも英実の感じるところを唇で触れ、手のひらで撫でてくれる。

自らが放った体液にまみれた性器と後孔とを同時に弄られると、じっとしていられないような感覚に襲われ、下腹部にぎゅっと力を入れてしまう。内に侵入した指を締めつけてしまい、それでまた淡い声が零れる。

「もう、大丈夫……?」

頷くと、彼の指がそっと離れていった。

汗に湿る胸をぴったりと重ねて、蕩かされた奥へ彼を受けいれていく。

無意識に逃げをうとうとする身体を押さえこまれ、じわじわと彼が英実を貫いていった。質量を伴った重苦しい痛みと、もどかしく鈍い、けれど間違いなく快感と呼ばれるようなものとが混ざりあい、もうなにもわからなくなってしまう。

喘《あえ》ぐ声は掠れて、言葉は意味をなさない。

身体が蕩けそうだ。熱くて、形がなくなってしまうような気がする。縋《すが》るものを求めて力なくシーツの上を彷徨っていた英実の腕が取りあげられ、彼の背にまわすよう促された。

「………」

ぼそりと耳元に囁かれた声に、身体の芯まで陶然《とうぜん》となる。額に滲んだ汗を、眦を潤ませる涙を、弘明の唇に掬われる。

彼のすべてを受けいれきった英実がおちつくのを待って、弘明が「いいか？」と訊ねてくる。頷くと、彼がゆっくりと動きはじめた。

「……くっ、……あ……ふ……っ。ん…………あぁ……っ」

吐息まじりの声が、鼻にかかってひどく淫らだ。

どこまでも奪われながら、英実は濡れた声をあげつづけた。弘明の熱塊にぎりぎりまで拡げられた後孔を暴かれ、奥を抉《えぐ》られる。熱く火照った内襞をずるりと擦られると、背筋から爪先までがぞくぞくと慄《おのの》く。彼の形に馴染んでしまったそこが、退かれるのを嫌がってきゅうっと収縮し、また奥を穿《うが》たれれば歓喜してどろどろに蕩ける。

疼いてとまらない。達してもきりのない性器までを彼の手に弄られ、扱《しご》かれながら奥を堅いものに擦られると、その快感をほしがる身体が、勝手に揺れてしまう。

貫かれる後孔と愛撫される性器とから生みだされる熱が、神経を伝わって全身に広がる。息苦しくて、揺すられる身体もつらいはずなのに、さらに深くと求める自分がいる。

沢山、触って。もっと、……もっと。

「やぁあ……っ、も、……だめ……っ」

荒い呼吸に忙《せわ》しなく上下する胸に唇が落とされ、たっぷり愛された乳首をまた強く吸われる。

助けて、と。譫言《うわごと》のように呟く。英実の奥がすっかり蕩けきったのを見て激しくなる律動に、しっかりと掴まっていないとふり落とされそうだ。

それより、溶けてなくなってしまうかもしれない。あまりに熱くて、内側から炙《あぶ》られた身体は、ぐずぐずと形を失ってしまいそうだった。

「く、は……っ、あぁ……う、……ん、……っ」

今すぐにやめてほしくて、永遠に続いてほしい。相反する感情がせめぎあい、もうなにも考えられなくなった頭の中でくるくると空転する。

「――っ」

弘明が微かな声で呻《うめ》いた。その息づかいにさえ、震えてしまう。

「も……、う…、駄目……っ。だめ、だから……っ」

彼の手をべとべとに濡らしたものが、限界を訴えている。だから、もう許してと途切れ途切れに懇願すると、それを包む手の動きが速まった。

「んぅ……っ、……ふ……あぁあああ……っ」

強く、激しく扱かれて、英実は空気を裂くような声をあげて極まる。その直後、強く揺すぶられた身体の最奥《さいおう》で、弘明が達した。

どくん、と脈打った熱塊から迸る体液を、感じたような気がした。

「お願いがあります」

熱の冷めた身体を、弘明の腕に包まれる。疲れきったまま胸元に頬をよせていると、とろりとした微睡《まどろ》みが訪れた。

眠ってしまっていいよと言ってくれたのだけれど、英実は緩慢《かんまん》に首を振った。さんざん声をあげつづけたせいで嗄《か》れた喉が痛い。聞きとりにくくてごめんなさいと謝って、英実は普段よりだいぶゆっくりした口調で言った。

「なに？　さっき、やっぱりつらかったか」

もう嫌だはなしだよと真顔で言われて、英実はそうじゃないよと苦笑した。

「弘明さんが、俺のために時間を空けてくれたり、いろいろしてくれるのはすごく嬉しいんです。でも、やっぱりそういうの、たまに苦しい」

「苦しいって？」

上手く言えないけど。英実は考え考え、言葉を伝えた。

「なにも返せないし、それじゃ駄目だと思う。俺はすごく弘明さんが好きだけど、それだけで。一方的に受けるばっかりじゃ、きっといつか駄目になる」

たとえば、休日。疲れたときは疲れたって言ってくれていい。自分のまえでは、どうか隠さないで。なにもできないけれどせめて、彼がくつろげるような存在でありたいと願う。

なにより、隠されるほうがつらい。はっきり言ってもらえれば、それだけで安心できた。

「頼りないかもしれないけど、俺も頑張るから」

「わかった。俺が好きでしているんだけどな」

言って、それでも弘明は頷いてくれた。

連絡にしても、今考えてみればいつも彼からもらうばかりだった。もっと自分から電話もして、会いに行って、わからないなら訊いてみればよかったのだ。ただ怖がるばかりで逃げているだけで——、結局それも、甘えていたのだと思う。

弘明が迎えにきてくれなかったら、本当に終わっていたかもしれない。

こんなふうになるまえに自分から訊けるように、そして弘明にもいろんな気持ちを伝えてもらえるようになりたい。

「連絡も、今までずっと待ってばっかりだったから。どうして電話くれないんだろうって思ってたけど、今度は俺からもしていい？　忙しいときは、言ってくれたらすぐに切るから」

「もちろん」

「忙しいんじゃないかとか、しつこくしちゃ駄目かもとか気になったらできなくなるけど。忙しいときは、だからそう言ってください。俺に悪いところがあったら、はっきり言って。こういうのに慣れてないから、すぐ不安になる」

いったん言葉を切って、英実は照れくさくて顔を彼にぎゅっと押しつけた。

「それとやっぱり、弘明さんからも電話とメールは欲しい。淋しいから」

赤くなりながらぼそぼそと言うと、弘明が額に頬にと優しいキスをくれる。

「わかったよ。……俺からも、一つ。頼みたいことがあるんだけどな」

「なんですか？　俺ができることならなんでもするよ」

英実が答えると、弘明が悪戯めいた表情を浮かべる。

「バイト、せめて週に二度くらいは休めない？　連休、俺が潰しちゃったんだけどな。英実と出かけたいし、またこの部屋に泊まっていってもらいたいんだ。駄目かな」

そうくるとは思っていなくて、英実はうぅんと唸った。これればかりは、即答できない。

「そうじゃないと、俺はまた『無理』をするよ。それこそ、英実のために徹夜もしようかな」

「狡いです、そんなの」

「だったら考えて。今すぐとは言わないよ、でも次の予定を決めるときは、俺のことも。本当はずっと一緒にいたいくらいだ」

弘明に言われて、英実は目元を赤らめる。

「俺だって――」

ずっと会いたい。いつも傍にいたい。その気持ちは同じだ。もう会えないいんじゃないかとか、諦めなくちゃならないのかもと思って、どれだけ哀しかったか。

「考えてみます」

ぽそりと言って、英実は彼の肩にそっと手をおいた。自分から、唇を近づけていく。

どうか、わかって。

大好きだから。

＊　＊　＊

アルバイトのシフトだけは、英実の裁量でどうとでもなる。忙しい店で無理は言えないが、できるだけ休みは増やせるようにした。深夜帯の許可はまだ悠貴からでないけれど、授業もおろそかにしないからと少しずつ時間をかけて説得するしかなさそうだ。

奨学金をもらいつづけるには、成績はおとせない。だからこそ無理をしてまでアルバイトをするなという悠貴の意見ももっともだ。

「おまえは頑固だけど、倒れたり成績をさげたら元も子もないんだよ」

「うん」

「俺も、親たちも大丈夫だ。どうにもならなかったら、おまえにもきちんと話す」

アルバイトをやめろとは言わなくなった。なし崩しだが、とりあえずは悠貴公認だ。

——ただ。

(泊まる、っていうのはなあ)

どうにも、悠貴には言いだしづらい。悠貴は弘明を知っているし、なによりこうなったからには泊まりに行くと伝えるのがまるで、その晩二人でなにをするかまで気づかれてしまいそうで、それが猛烈に照れくさいのだ。

まだ悠貴には弘明との仲を話していないし、今のところ内緒だ。だからしれっと泊まると言えばいいのだろうが、残念ながら英実にはポーカーフェイスは備わっていなかった。

夕方、大学帰りに弘明の部屋を訪ねた。この日はアルバイトはなく、ゆっくりできる。

だが泊まりは無理だと告げると、弘明がやれやれと天を仰いだ。

「まだ悠貴さんに言ってないの」

「なかなか言いにくくて」

「あっちは上手いことやってるってのにな。俺から話そうか？」

「駄目！　ぜったい駄目！　言うなら俺からちゃんと話す」

英実のリクエストでハンバーグとケチャップライスの夕飯を摂りつつ、テーブルを挟んでの攻防が続く。これがもう、毎度の恒例行事になりつつあった。

「それ待ってると、英実が卒業するまでってなりそうで怖いんだけどな」

「そんなにはかからない、と思う」

さすがに自分でも自信がなくて、語尾が小さくなってしまう。

「親父になに言われようが知ったことじゃないが、まあ悠貴さんはな」

しかたないとわかってはいる。弘明が苦笑いで彼の分のハンバーグから足してくれた。

「あの人を泣かせるのは俺も本意じゃないし」

「ありがとう」

「ハンバーグとしばらく待つのと、どっちに？」

「ええと、両方に」

旺盛な食欲で、英実は一人半分を平らげる。

「泊まりが無理なのは我慢するさ。でも回数が減るとその分、俺しつっこくなりそうだけどいい？」

なにが、とは訊くまでもない。意味ありげな視線から顔を逸らし、英実はかっと顔を赤らめた。

「うっ。いい……よ」

「あとで泣くなよ」

「泣かないいし」

「いつも泣いてるけどな」

「それはっ」

生理的なものだからどうしようもない。揶揄われて、英実は声を跳ねあげた。

「泣き顔可愛くて、よけい苛《いじ》めたくなるから、ほどほどにね」

「知らないよ」

どうにも分《ぶ》が悪い。残りのケチャップライスをがつがつとかきこむ英実の頭上で、弘明が声をあげて笑った。

END

# 怖くて甘い

ベッドに座った弘明を膝立ちで跨ぎ、英実は慎重に、少しずつ腰をさげていく。風呂あがりの温まった身体が冷めないように肩からバスタオルをかけているが、英実が身につけているのはそれだけだ。

一方の弘明は部屋着を着たまま、面白そうに英実を眺めている。

「焦らないでいいから、ゆっくり」

「う、ん」

尻の奥はすでにたっぷりと濡らして緩めていて、ちゃんと入れられるとわかっている。けれど頭でわかっているのと、してみるのとは別で、なかなかスムーズにはいかなかった。

弘明の屹立したものをうしろ手に掴んで、自分のその部分にあてる。そのまま呑みこんでしまえと思うのに、熱い先端が縁にあたるだけで、身体がびくっとこわばった。

(はじめてじゃないのに)

彼とはもう何度もしている。ただ、体勢がいつもと違うだけだ。

されるがまま弘明に任せてばかりいるのが嫌だと言いだしたのは英実のほうだ。とはいえ、自分からなにができるわけもない。

『だったら、自分で入れてみる?』

なかば冗談でもちかけられた話にのって、試してみることにしたのだけれど。

弘明はいつも英実を上手に溺れさせてくれるから、こんなふうにまともな思考を保ったまま、繋がることなどなかった。

（大丈夫、ちゃんとはいる）

せっかく緩めた後孔まで、力がこもって開かない。英実は自分に言いきかせ、できるだけ長く呼吸した。

力を抜こうとすれば却って意識してしまうから、むしろ拡げようとそこに力を入れる。教えられたそのとおりをなぞって、弘明のものの上へもう一度、腰をさげた。

「やぁっ」

不意に弘明の指が伸び、胸をきゅっと摘まれた。びっくりしたせいでそこから意識が逸れ、膝がかくんと傾《かし》ぐ。

「あ、あっ。ず、るい……っ」

英実がしゃがみこみそうになったのを見計らい、弘明が下から突きあげてきた。ずる、と、それの先端が英実の内へ入ってくる。腰を掴まれてそのまま、奥深くまで彼を呑みこんでしまった。

「ふ、かっ」

狭い内襞を掻きわけ、どこまでも奥へ貫かれる。腹の真ん中にまでとどきそうな気がして怖くて、けれどどこにも逃げられない。

弘明のものがみっしりと隙なく入りこみ、腹の中を圧迫する。

「ごめん、でも入ったろ」

「俺がするって言ったのに」

「お預けくらって、我慢できなかった」

どこがどう我慢できないのか、弘明は涼しい表情で言った。息ひとつ乱していない。

「嘘つきー……」

「心外だね」

なにがシンガイ、だ。

英実は拗ねた顔で弘明を睨んだ。拗ねようがふてくされようが、どうせ毎度のごとく弘明に宥《なだ》められて終わりだろうが、とりあえず遺憾の意は表明しておく。

「……?」

だが、弘明の反応はいつもと違った。てっきり頭でも撫でられてキスされて、英実がおたついてるうちに熱に侵されてしまうのに、どうしてか彼は興味ぶかげに英実をじっと眺めていた。

「どうかしたんですか?」

「こうやって突っこんだまま話すのって、はじめてだろ。英実がちゃんと俺見てるし」

「それは、その」

だって、ほとんどなにもしていない。風呂に入って自分で緩めて、あとは軽いキスを何度か交わしただけだった。

性行為というより、気分的には実験とか挑戦だとか、そんなものだ。正直に言えば、風呂で一人でそこをほぐしていたのが、いちばん恥ずかしかった。

「いつもと立場が逆なのが、ちょっと悔しいかな」

「逆？　俺が乗っかっただけなのに」

「そっちじゃないよ」

弘明は苦笑して、英実の尻をぱちんと叩いた。

「痛っ」

「そんなに強く叩いてないだろ。無粋なこと言わないの。逆っていうのは、俺ばっかり昂奮《こうふん》してててなんだかなー、ってところ」

「ぜんっぜん昂奮とかしてそうにないよ？」

弘明はふだんとまるで変わらない、飄々とした様子のままだ。

「やれやれ。これでわからないとはねえ」

「ふわわっ」

大仰《おおぎょう》に嘆息して、弘明がまた腰を突きあげてくる。揺すられ、英実は慌てて彼の首筋にしがみついた。

「俺はわかりやすく昂奮してるだろ」

弘明は英実の耳朶を食む。わざとひそめられた声と、敏感な部分を悪戯されたのとに反応して、英実はぶるっと胴震《どうぶる》いした。

「いっ、……いつもは逆なんだから、たまにくらい逆でもいいだろ」

「こういうときにあんまり無邪気にされると、苛めて泣かせたくなるから程々にな」

「苛めるって、なんだよ」

訊いて、すぐ後悔した。弘明が、ものすごく悪い感じに笑んでみせたからだ。

（まずい）

今までずっと、ひどいことをされた記憶はない。恥ずかしいことはあっても気持ちよくて、だから英実は弘明とするのが好きだ。

けれど、ときどき。ひょっとしたらサドっ気があるのかもしれない、と感じることはある。ふだん英実を揶揄ったり、こんなときに焦らしたりするときの弘明は、いつも妙に楽しげだ。嫌なことはされないから、だいたいが甘すぎるくらいだから、たいして気にはしていなかったのだけれど。

「どうやって苛めるか、聞きたい？」

「……聞かないほうがいい、気がする」

「そうやって逃げられると、よけいに教えたくなるかな」

「弘明さんて、ときどき意地悪だよね」

「英実が可愛いからね」

「可愛くないよ」

「可愛いさ。ほら」

　ぎっちり奥まで填めたまま、弘明の手が英実のものを包んだ。

「やあああんっ」

指が先端の窪みをこじる。同時に別の指の腹が裏側の攣ったあたりを擦り、茎を上下にしごきたてた。

完全に気を抜いていた英実は、いきなりそれを弄られて慌てた。まだほんの少しの熱しかもっていなかった英実の性器は弘明の手に苛まれて漲り、じんと鋭い快感を訴える。

身体を退いて逃れようとしたが、尻の奥には弘明が刺さり、性器は彼の手に捕らえられたままだ。おまけに弱いところを集中的に攻められて、まともに力が入らない。

「英実が動いたり話したりしてると、ときどき呼吸するみたいに奥が締まって、いい。今みたいに触ってやると特に、ぎゅうぎゅう締めつけてきてたまらないね」

「し、らなっ」

話しながらも手はそのまま、英実のものを弄ぶ。

「反応よくて、最高。顔も性格も身体もやたら可愛くて、どうしてやろうって思うよ」

「しな、くていい……ってばっ」

弄られているそれがむずむずして、もっと強くと願ってしまう。こんなふうに呆気なく火をつけられる自分の手軽さが情けないけれど、弘明にされればいつもこうだ。

「英実のナカが気持ちよすぎて、このまましたくなるね。じっとしてるだけで悦いから、収まらなくてつらいけど」

「だ、からっ。平気そうな顔して、そんなふうに言わない、で、ってっ」

「がっついてほしい？　理性ぜんぶ飛ばすのはさすがにまずいだろうから、いつも気を散らそうってわりと苦労してんだけど」

「なに、それ」

溺れてもがいて夢中にさせられる身としては、わざわざ気を散らすなどと言われて、ほんの少し面白くない。

それに、弘明が我を失うなど想像もできなくて、見てみたくもあった。

「没頭したら無茶させそうだしな。これでもセーブしてるんで、煽りすぎないように注意しててな」

「煽ったりとか、ないしっ。そこ、や、あんっ」

しきりに弄くられる性器はすでに体液を漏らしはじめていて、弘明の手まで濡らした。彼の指が滲んだそれを掬い、英実のものへ塗りのばしてくる。

ついさっきまできついくらいだった愛撫が、英実が昂ぶりきったのを機に柔らかくなる。そっと撫でて、ぬるぬる動かして、心地いいけれど焦れったい。

座りこんだ弘明の上で、英実はもじもじと腰を動かした。どうかしてもっと触ってもらおうとするのに、彼の手は絶妙なタイミングで離れ、また絡みついてくる。

「話しする、んじゃ、ない、……のっ⁉」

「ん？　いや、普通に話してるのがめずらしいって言っただけ。英実が話したいなら、このまま話しててもいいよ。さっきの話でも続ける？」

「さっきの、話？」

弘明の手は強くなったり弱くなったり、けれど英実のそれを撫でつづけている。こんな状態でまともな話などできないし、そもそも話をしたいわけじゃない。

それなのについ、訊ねかえしてしまった。しまった、と思っても遅い。

（ぜったい、まずい）

今日はどうも雰囲気が危ない。やっぱりいい、と言おうとしたが、それより先に弘明の腕が英実のウエストにまわり、ぎゅっと抱きしめてくる。彼の膝の上へ座ったまま身体が傾ぎ、胸がぴったりと密着した。

弘明のシャツが肌に擦れた。違和感があって、英実はわずかに眉根を寄せた。

肩にかけたバスタオルはとうに落ちている。弘明はふだんからこんなときでもめったに服を乱さず、せいぜいシャツを脱ぐくらいだが、それでも直接肌には触れられる。

「どうしたの」

「ひぁんっ」

英実のものを弄っていた手が離れ、尻の肉に触れる。そろりと撫でられ、甘ったるい声があがった。

「シャツ、が」

「ああ、ボタンでもあたった？　痛かったかな、ごめん」

「そうじゃなくて、弘明さん、ぜんぜん脱い、でな……て、ずる、い」

弘明がずっと入ったまま、それを小刻みに動かされる。息があがって、ますますまともに話ができない。

「あとでね。で、英実をどうやって泣かせるかって話」

「しなくていい、よっ」

「たとえば、そうだな。ここを――」

弘明は英実の抗議を流し、撫でていた尻を両手で鷲掴んだ。ぐいと拡げて彼を食んだ部分を露わにすると、その縁をゆっくりと指でなぞる。

ただでさえ敏感な場所だ。ごく軽く撫でられただけでも、ぞくぞくと肌が粟だった。快感に煽られてぎゅっ、と内にいる彼を強く締めつけ、喉で笑われてしまう。

「もっとどろどろに蕩けさせてから、入れたまま指突っこむとか」

「や、だ……っ」

　想像してしまって、英実は本気で悲鳴をあげた。今でさえ狭くて、弘明だけでいっぱいなのに、このうえ指まで入れられたら裂けてしまいそうだ。さすがに冗談だと思うけれど、たちが悪すぎて怖い。

「そんなに怖がらなくても、英実を痛がらせたりしないよ。そこは保証する。俺は英実を泣かせたいだけで、痛がってるの見ても楽しくないしな」

「そういう問題じゃ、ないしっ。ほ、しょ……とか、しなく、てい……っ」

「ホントは突っこんだまま舐めてあげたいけど、さすがに分身できないしなぁ」

「ばっ、か、言って、るしっ」

「ああ、そうか。俺じゃなくて別のモノ入れておけばいい？」

「や、だぁっ」

「やだやだって、だからそれ可愛いだけなんだけどな。入れるの嫌い？」

「嫌いじゃ、な、い……けど、そうじゃな、くて、でも、やっ」

　尻の表面だとか縁のあたりも弱くて、服の上から揉まれただけでもその場にしゃがみこんでしまうくらいだ。弘明は当然それを知っていて、浮いた尻を楽しげに揉みしだいてくる。

「も、やぁっ」

昂ぶりきった性器もつらいし、むずむずする尻の表面もつらい。触ってもらえない身体のほかの部分までが、呼応して自分もとざわめきはじめている。

聞かされた内容はあんまりで、そのくせ手も声もひどいくらい優しくて、悦くて昂ぶっているのに怖くて、どうしていいかわからない。

「あ、んまり、変なことする、と、泣くよ……っ」

「泣かせたいから、嬉しいね」

「じゃあ、拗ねるっ」

「拗ねた英実を宥めるのが楽しいんだろ」

「うー……っ」

どうしてくれよう。所詮、英実が口でも他ででも、勝てる相手ではなかった。

肩を押され、身体が少しだけ離される。尻からも手が離れてほっとしたのもつかのま、胸がきゅっと摘まれた。

「あ、あっ」

まるで他の場所も弄ってほしいと考えたのを見透かしたようなタイミングだ。これだから、いつも容易く溺れさせられてしまうのだ。

まだ柔らかかったそれが摘まれ、指の腹で揉みつぶされる。ひっぱったりぐるりと周囲を円を描くように撫でられて、芯を持って固くなる。

こっちも忘れるなと言いたげに尻の奥をぐいと突かれ、内襞がぞろりと蠕動《ぜんどう》した。

「今晩一晩かけて、もっといろいろ教えてあげようか。俺がふだん、なに考えてるか」

「い、らな……ですっ。それに俺、今日、帰る、しっ」

「帰る？　どうして」

「悠貴、が、朝戻ってくる、からっ」

兄の悠貴は休日だというのに仕事で留守にしていて、戻るのは翌朝だと聞いた。だからこそ夜遅くまで弘明の部屋にいられるのだけれど、悠貴が戻ってくるまでには帰らなくてはならない。

「戻ってきたっていいだろ、別に。俺んところにいるって連絡しておけば」

「だ、めぇ。悠貴に、ばれ、たら……やだ、しっ」

「まだ言ってないのか」

「言えない、よっ」

「どうして？」

気まずいし、恥ずかしい。

男同士でつきあっているなどと話せば、一直線になにをしているか想像されてしまいそうで、まるで弘明とこうしているのを覗かれているようで恥ずかしくて嫌なのだ。

兄弟だからこそ、その部分は隠しておきたい。

「弘明さん、は、お父さんに、話した、の?」

彼の父親から悠貴に伝わっていたらどうしよう。不安になって訊ねると、あっさり「まさか」と返された。けれど理由は、英実のそれとはぜんぜん違った。

「ウチはそういう関係じゃないさ。いちいちプライベートなことまで話したりしない」

弘明の父親である津曲弁護士が、悠貴とのことを弘明に打ちあけたのは、異例中の異例であるらしい。

プライベートって、家族は私的な存在ではないのか。訊ねようとしたが、言葉にするのはやめた。誰も彼もが英実のように甘やかされて育ったわけではないし、そもそも兄の悠貴と実家とだって、良好とは言いがたい。

「君たちはホントに仲がいいね。ちょっと妬ける」

「ゆ、きと、弘明さん、じゃ……違う、よ?」

「わかってるけどな。感情が納得しないってとこ。けっこう、独占欲が強くてね」

でも、と弘明はいったん言葉を切った。そうして、また悪いふうに笑う。とてつもなく甘いくせに、どこかにそれだけではない気配を滲ませていた。

どうしてだろう。弘明が、さっきからずっといつもと違う。

「でも、な、……に?」

「その大事なお兄さんの留守にこっそり、こんなことしに来るなんて悪い子だねと」

「たいして歳、違わない、だろっ。それに、呼びだした、の、弘明さん、だよっ」

呼んでおいてひどい。

今度こそ傷ついて詰ると、ごめんと頬にキスが触れた。ただ宥めるためだけでないのは、そのままねっとりと舐めあげられたことで気づく。

「英実が可愛いのが悪い。言っただろ、煽るなって」

「煽ってない、のにっ」

「充分煽られたさ。自分で入れるなんて言いだして、風呂で一人で準備してきたんだろ？　想像しただけで頭が爆発しそうだった」

「だ、ってて っ」

弘明にされると、わけがわからなくなる。まともでいられないから、自分からするなんてとても無理だ。

「あんまり可愛いことするから、もっと可愛がってあげたくなる」

「弘明さんの『可愛がる』って、ちょっと、怖いんです、けどっ。やあああんっ」

憎まれ口をたたくのがせめてもの抵抗で、身体はすっかり弘明にべったりだ。しがみついて慄えて、彼の屹立を内襞に擦りつけようと腰を揺する。

ずっと入れっぱなしで、動いてもごくゆったりだ。身体のあちこちを愛撫されて昂ぶりだしてからは、奥までが焦れてむず痒い。

「ようやくわかった？　もう遅いけどね」

「わか、ったからっ、ふつ、……に、しよ……？」

「さあ。どうしようかな。俺の本性が知られちゃったようだし、逃げられるまえに英実をどうにかして俺に溺れさせないと」

「もう、とっく、……だよっ」

「どうかな」

だいぶ以前、有希江が弘明の性格をさんざんに言っていたのをふと思いだした。それがようやく、少しだけだが腑に落ちた気がする。

それでも、今さら嫌いにはなれない。やっぱり、ずるくても怖くても弘明に夢中だ。

「じゃあ、悠貴さんに隠すのを協力するかわりに、英実にもなにかしてもらおうかな」

「なにか、……って？」

「俺としちゃ、さっさとバラしたほうが自由がきいていいんだけど、英実が嫌がるならしかたないしなあ」

「だから、なにか、ってっ」

「それはこれから考える」

ものすごく、怖い予感がする。ろくでもないことを企んでやしないかと、英実は情けない顔で弘明を見あげた。

どうしようと狼狽える英実をよそに、弘明が動きを速めてきた。

「ひ、あああっ、んっ」

「奥、好きだろ」

「やあ、あっ」

奥の感じる部分ばかりを集中的に突かれて、腰を密着させたままぐるりと大きくまわされる。気持ちよくてたまらず、英実は弘明の上でがくがくと跳ねた。

「こっちはあとでたくさん弄ってあげるから、今は我慢ね」

「ひ、ぁ……っ」

英実のものが軽く弾かれ、びぃんとひどい快感が走る。

それが怖い。

「なににしようか。大丈夫、英実ができそうなことしかさせないから」

なにより弘明に頼まれたら結局頷いてしまいそうな自分がいちばん怖い。

弘明が、端正な顔でこれ以上ないほど甘く笑む。蕩けそうで、けれど底が知れない。

(ほんとに大丈夫、かな)

どうしてだろう。怖いのに、それだけじゃなくぞくぞくする。半分怖くて、もう半分はたぶん、たちの悪い好奇心のせいか。

怖いだけではなく、快感だけでもなく。英実はふるっと身体を慄わせた。

END

# あとがき

こんにちは、です。

したたかに甘い感傷、文庫版をおとどけします。なんというかそのえーと、書きおろしの内容がアレですみませんというかその。くんづほぐれつ的なもののマイブームがきておりまして、筆が楽しく滑りました。本篇終了からしばらくあとの話です。

ここ何年か体調があまり思わしくなくて、寝たり起きたりのくり返しなのですが、そんなだから一年がものすごく早いです。一日なんて一瞬で、せめて散歩くらいはしたいな、などと毎年言ってるわけですが。今年こそ健康。ついでにＰＣもほぼ同時期から調子が悪くてすでに何台も破壊（……）していたので、とうとう普段の原稿用にはＰＣを使わなくなりました。ポメラさんと林檎タブレットがあれば、たいていなんとかなっちゃいますねー。ありがたい。

お世話になりました担当様、および新書当時御面倒をおかけした担当様、新書の挿画を描いてくださったほり恵利織先生、今回の挿画を担当してくださった旭炬先生、どうもありがとうございました！　初稿時チェックしてくれた友人ちゃんもいつもありがとう……！

おおう一ページしかないのであっというまに埋まりますね。

読んでくださったみなさまが、少しでも気にいってくださいますように。

坂井　拝

ありがとうございました！！

DB ダリア文庫

俺のこと、ホントに好きなの…?!
坂井朱生
Akeo Sakai
冬乃郁也
Ill.Ikuya Fuyuno
やっぱり気にしない
AFTER ALL IT DOESN'T MATTER
行方不明中の叔父から、突然電話で妙な仕事を依頼された灯。その仕事のために、ただでさえフェロモン過多で心配な修司が、女性とやたら親密な雰囲気に！　—身体の関係を持ち続けるも、確かな言葉が貰えず不安な灯は——。

＊大好評発売中＊

ダリア文庫をお買い上げいただきましてありがとうございます。
この本を読んでのご意見・ご感想・ファンレターをお待ちしております。

〈あて先〉
〒173-8561　東京都板橋区弥生町78-3
(株)フロンティアワークス　ダリア編集部
感想係、または「坂井朱生先生」「旭炬先生」係

❋初出一覧❋

したたかに甘い感傷……………2004年ハイランド刊行のものを加筆・修正
怖くて甘い…………………………書き下ろし

# したたかに甘い感傷


2014年4月20日　第一刷発行

著者　坂井朱生



発行者　及川 武

発行所　株式会社フロンティアワークス
〒173-8561　東京都板橋区弥生町78-3
営業　TEL 03-3972-0346　FAX 03-3972-0344
編集　TEL 03-3972-1445

印刷所　中央精版印刷株式会社